Die Stille des Waldes

Buch 6 der
Abenteuer von Brad

von

Tao Wong

Übersetzt von Tamara Peiter

Copyright

Dies ist ein fiktionales Werk. Namen, Charaktere, Unternehmen, Orte, Ereignisse und Begebenheiten sind entweder Produkte der Fantasie des Autors oder werden in fiktiver Weise verwendet. Jede Ähnlichkeit mit tatsächlichen lebenden oder toten Personen oder tatsächlichen Ereignissen ist rein zufällig.

Dieses E-Book ist nur für den persönlichen Gebrauch lizenziert. Dieses E-Book darf nicht weiterverkauft oder an andere Personen weitergegeben werden. Wenn Sie dieses Buch mit einer anderen Person teilen möchten, erwerben Sie bitte für jeden Empfänger ein zusätzliches Exemplar. Wenn Sie dieses Buch lesen und es nicht gekauft haben, oder es nicht nur für Ihren Gebrauch gekauft wurde, gehen Sie bitte zu Ihrem bevorzugten E-Book-Händler und kaufen Sie Ihr eigenes Exemplar. Danke, dass Sie die harte Arbeit dieses Autors respektieren.

Tao Wong

Ein Starlit Publishing Buch
Herausgegeben von Starlit Publishing
PO Box 30035
High Park PO
Toronto, ON
M6P 3K0
Canada

www.starlitpublishing.com

Ebook ISBN: 9781990491306
Broschiert ISBN: 9781990491290

Bücher in der Serie Die Abenteuer in Brad

Das Geschenk eines Heilers

Das Herz eines Abenteurers

Die Seele eines Dungeons

Der Ruf der Arena

Das Bündnis des Abenteurers

Die Stille des Waldes

Die Anforderungen einer Gilde

Die Gefahren einer Hauptstadt

Ein königliches Ende

Inhalt

Kapitel 1

Daniel saß am Tisch im zweiten Stock einer Taverne und starrte auf das Tor, das ihn und seine Gruppenmitglieder einst in einen Dungeon geführt hatte. Ein paar Wochen später versperrten hölzerne Barrikaden den Eingang, und hinter den provisorischen Barrikaden bildeten sich schnell Steinmauern. Abenteurer standen stramm hinter den Holzbarrikaden, während sogar noch mehr Stadtwachen warteten.

Daniel fuhr sich mit der Hand durch sein schwarzes Haar, seine braunen Augen verengten sich bei der Erinnerung an die letzten Wochen. Die hölzernen Barrikaden waren als Erstes eingetroffen, aber bald darauf hatte die Abenteurergilde damit begonnen, Indigo- und Violett-Teams zur Bewachung des Dungeoneingangs abzubestellen. Mithilfe der Stadtwachen sollten eventuelle Angriffe abgewehrt werden.

„Irgendetwas?", fragte Asin, ihr bestialisches Knurren brach in einem leisen Schnurren aus ihrer Kehle hervor. Die Catkin setzte sich neben Daniel, die langen Ohren zuckten, als sie aus dem Fenster schaute. Krallen wurden ausgefahren und zogen sich in ihre pelzigen Handflächen zurück. Daniel sah weg, um Asins jadefarbenen Augen zu begegnen, und schüttelte den Kopf.

„Mach dir keine Sorgen. Sie sind eine starke Mannschaft", sagte Omrak und setzte sich. Doch selbst die übliche gute Laune des großen Nordländers war gedämpft, und seine Worte trugen wenig Überzeugungskraft in sich. In Wahrheit machte sich niemand mehr Hoffnungen, dass die Teams den Dungeon verlassen würden. Es war zu viel Zeit vergangen. Nahrung war aufgebraucht, Heiltränke und das Mana ebenso. Wenn sie noch am Leben wären, hätte sich jedes vernünftige Team zurückgezogen.

Die Abenteurergilde hatte daraufhin gehandelt. Es war ihre Aufgabe, sich um die Dungeons zu kümmern. Wenn sie das nicht taten, würde es zu einem Ausbruch kommen — besonders in Artos. Der Dungeon tauchte nur ab und zu auf und ließ eine kleine Anzahl von Teams hinein, bevor er sich wieder schloss. Doch jetzt war er früher als sonst erschienen und noch nicht geräumt worden. Die Gilde konnte sich nicht mehr auf die bisherige Praxis verlassen. Und so beobachteten sie und warteten.

Ein Klopfen neben Daniel lenkte seine Aufmerksamkeit vom Tisch weg. Tula stellte ihren Teller mit dem Essen neben Daniel ab – geröstetes Gemüse, frisches Brot und ein mit Fleisch gefüllter Eintopf ließen seinen Magen knurren. Daniel sah auf und schenkte Tula ein knappes Lächeln. Die Rangerin erwiderte das Lächeln, wobei ihre ruhigen braunen Augen durch die kleine Narbe, die eine Augenbraue halbierte, einen unheimlichen Ausdruck erhielten. „Beachtet mich nicht. Ich musste nur einen Happen essen, als ich das Essen gerochen habe.“

„Ich verstehe nicht, wie man das essen kann“, sagte Rob und schnupperte leicht. Das dunkle, fettige Haar des Selkies fing das Licht ein, als er sich zu der Gruppe gesellte und mit seinen schwieligen Händen einen Becher mit Bier umklammerte. „Ihre Getränke sind kaum akzeptabel.“

„Mir schmeckt es", sagte Tula nach einem Bissen. „Habe unterwegs schon viel Schlimmeres gegessen."

„Igitt. Ranger", schnaubte Rob, doch dann wandte er seinen Blick zum Fenster. „Irgendeine Veränderung?"

In der Taverne um sie herum herrschte so reger Betrieb wie seit Jahren nicht mehr. Die Taverne und die auf der anderen Straßenseite waren zu inoffiziellen Treffpunkten für viele Abenteurer geworden, die nichts Besseres zu tun hatten. Ein gemeinsames Gefühl von Verlust und Hoffnung, von Verantwortung und Last hielt sie in der Nähe, falls das Schlimmste eintreten sollte. Und doch …

„Nein." Daniel schüttelte den Kopf und kippte einen Schluck Bier hinunter. Rob hatte recht – das Bier hier war kaum akzeptabel. Bei Weitem nicht so gut wie das von Erin. Aber sie waren nicht zum Essen hergekommen.

„Ich dachte, wir sollten es als Nächstes mit Aramis versuchen", sagte Rob und beugte sich vor. „Wir sitzen gerade in der vierten Ebene von Portos fest, also sollten wir uns Aramis vornehmen. Neue Monster bedeuten mehr

Erfahrung. Das könnte uns über die Hürde bringen, die wir zum Aufleveln brauchen."

„Wir haben die vierte Ebene nur fünfmal durchlaufen", polterte Omrak. „Es reicht nicht aus, die richtigen Methoden zu finden, um die Ebene zu räumen. Man muss nur ausdauernd sein!"

„Sicher, sicher. Das verstehe ich", sagte Rob. „Aber ich meine ja nur, wir könnten Aramis laufen lassen und ein paar Ebenen tiefer gehen. Ein paar Münzen verdienen. Dann können wir Portos in einer besseren Situation wieder angreifen."

„Ich gebe nicht gerne auf."

„Rob sagt nicht, dass du aufgeben sollst, sondern nur, dass du eine Pause machen sollst. Und …" Tula hielt inne, legte den Kopf schief und nippte an ihrem Eintopf. Daniel neigte den Kopf zur Seite und war überrascht, dass die Rangerin plötzlich aufgehört hatte zu reden. Das war sehr seltsam.

„Au!", rief Daniel aus und starrte Asin an, die ihn unter dem Tisch getreten hatte. Aber er verstand, worum es ging. „Was ist los, Tula?"

„Nichts. Gut, im Moment nichts …“ Tula hielt inne, sichtlich zögernd, und seufzte dann. „Aber ich muss bald gehen. In einer Woche oder so. Es gibt eine neue Expedition, die Silverstone verlässt, und man hat mich gebeten, ihr beizutreten.“

„Was?“, sagte Daniel.

„Beim Sternenbart von Luz!“, rief Omrak aus.

„Oh …“, sagte Rob.

„Ja. Tut mir leid. Ich habe euch gesagt, dass dies ein kurzfristiger Auftrag ist. Ich habe gerne mit euch allen zusammengearbeitet, wirklich. Aber Städte? Das ist nicht mein Ding, wisst ihr?“, sagte Tula. „Ranger sind für den Wald bestimmt. Und diese Expedition führt mich zurück in mein altes Dorf. Es wäre schön, meine Familie wiederzusehen.“

„Das ergibt Sinn. Familie ist wichtig“, sagte Daniel, auch wenn ihn ein Anflug von Bedauern durchfuhr. Er hatte jetzt keine mehr, was ihn zu einem weiteren Abenteurer-Waisen machte. Es gab erstaunlich viele von ihnen. Vielleicht war das auch gar nicht so überraschend, wenn man bedachte, was für einen Job sie ausübten. Es war einfacher, sein Leben zu riskieren, wenn man nichts hatte, was einen an sich band.

„Gut, wenn du gehst, ist das ein Grund mehr, Aramis zu machen!", sagte Rob und schlug mit der offenen Hand auf den Tisch. „Sonst hat Tula keine Chance, es zu sehen. Oder die Erfahrung mit den neuen Monstern zu erleben."

Dieses Argument schien Omrak zu überzeugen, der seine Zustimmung grummelte. Asin freute sich nur, während Daniel sich am Kopf kratzte und den Zeitplan ausrechnete. „Wann?"

„Morgen?"

„Das geht nicht. Ich habe meine Hilfe im Krankenhaus versprochen", sagte Daniel und ging seinen eigenen Zeitplan durch. Seit ihrem erfolgreichen Lauf war Daniel mit Angeboten überhäuft worden, seine Heilzauber zu nutzen. Anstatt ständig abzulehnen, hatte Daniel eine Teilzeitbeschäftigung in einem der Krankenhäuser von Silverstone angenommen. Dort erhielt er ein regelmäßiges Gehalt für seine Arbeit, und die Abenteurer und Gilden waren gezwungen, das Krankenhaus direkt zu bezahlen. Seitdem sein Dienstplan öffentlich bekannt gegeben wurde, gab es keine Streitigkeiten mehr über die Verwendung seiner begrenzten Zauber und seines Manas. Das hat die Einladungen zwar nicht gestoppt, aber es hat den Strom zumindest etwas eingedämmt.

„Gut. Einen Tag später", sagte Rob.

Gemurmelte Zustimmung wurde am Tisch geäußert. Als das erledigt war, begann Daniel damit, der Gruppe Aufgaben zuzuweisen und sicherzustellen, dass sie zusammenarbeiteten, um sich nicht nur auf den neuen Dungeon vorzubereiten, sondern auch alle möglichen Informationen zu sammeln. Nachdem man sich darauf geeinigt hatte, sich am nächsten Abend wieder zu treffen, um den Lauf zu planen, löste sich die Gruppe in fröhlichem Gezänk und Erinnerungen auf.

Doch hin und wieder schaute der eine oder andere aus dem Fenster und starrte auf das stille Dungeontor. Wartend.

Kapitel 2

Aramis war einer von drei Dungeons in Silverstone. Eigentlich einer von zwei, da Artos nur selten geöffnet war. Einige Neuankömmlinge hatten vor der jüngsten Ankündigung nicht einmal gewusst, dass Artos existierte. Da dieser nur selten geöffnet wurde, waren Portos und Aramis die Hauptdungeons der Stadt und die, über die am meisten Informationen verfügbar waren. Portos galt als der einfachere Dungeon. Die ersten drei Ebenen waren eine ständige Wiederholung der gleichen Hindernisse – fliegende Kobolde und schwebende Plattformen. Gefährlich, wenn man Pech hatte und unvorsichtig war, aber nicht tödlich.

Aramis hingegen wurde Anfängern und fortgeschrittenen Abenteurern nicht empfohlen. Das lag nicht am gefährlichen Terrain – auch wenn die schwach beleuchteten Steinkorridore beim Navigieren und Kämpfen eine Qual waren. Das eigentliche Problem waren die Dämonen, die die Katakomben bevölkerten. Jeder der Zarask war ein kleinerer Dämon, der für seine große Stärke und seine Fähigkeit zu schreien bekannt war. Selbst mit Ohrstöpseln waren die

Schreie dafür bekannt, die Kämpfer zu verwirren und sie dazu zu zwingen, die harten Schläge zu ertragen, während sie noch verhindert waren. Zu viele fortgeschrittene Abenteurer fielen solchen einfachen Schlägen zum Opfer und wurden unter den Füßen zermalmt, sodass die Gilde die erste Ebene nur noch für fortgeschrittene Abenteurer mit gelber Kennzeichnung und höher zugänglich machte.

Daniel schaute sich ein letztes Mal in der Gruppe um, die sich vor dem Eingang zu Aramis versammelt hatte. Als er sah, dass alle da waren, erhob der Heiler seine Stimme.

„Haben alle ihre Ohrstöpsel dabei? Ersatzteile? Essen und Wasser für einen zusätzlichen Tag? Ersatzhosen und -socken?" Als alle nickten, lächelte Daniel. „Also gut. Ein letztes Mal. Folgt alle Tulas Zeichen."

Das war eines der anderen Probleme bei der Reise nach Aramis. Da Ohrstöpsel vorgeschrieben waren, mussten die Teams eine stille Kommunikationsmethode lernen. Die große Mehrheit der Teams lernte aus diesem Grund Handzeichen. Es gab drei gängige Arten von Handzeichen – die von der Abenteurergilde gelehrten, die von der Armee und die von den Rangern verwendeten. Offensichtlich gab es erhebliche Überschneidungen zwischen den Handzeichen, obwohl die verschiedenen Gruppen oft unterschiedliche Aspekte betonten.

Gemeinsam folgte die Gruppe Tulas Handzeichen und gesprochenen Worten und wiederholte sie mit meist flüssigen Bewegungen. Immerhin hatten sie lange genug mit der Waldläuferin zusammengearbeitet, um die Grundlagen zu lernen, und sich in der Gilde weitergebildet.

„Die sind gut", sagte Tula. Daniel lächelte und berührte die Pfeife, die er unter seinem Hemd trug. Für den Fall, dass alles andere versagte, hatten sie sich auf einen einzigen, scharfen Pfiff geeinigt, um den Rückzug anzutreten. Es gab natürlich noch mehr Signale, die über die Metallpfeife gegeben werden konnten, aber keiner aus dem Team hatte sie gelernt. Oder die Lichtsignale, die einige andere Teams zu bevorzugen schienen.

„Gehen wir", sagte Daniel und winkte alle nach vorne. Als sich die Gruppe den Wachen vor den Toren näherte, ignorierte er das wissende Lächeln der Wachen und zeigte ihnen stattdessen seine Abenteurer-Karte. Er wusste, wie albern sie ausgesehen hatten, als sie kurz vor dem Einlass geübt hatten, aber besser albern als tot.

„Komm", grummelte Omrak und klopfte Daniel auf die Schulter. „Ich werde dich führen."

„Nein. Ich tue das", sagte Tula, rollte mit den Augen und schubste den großen Nordländer gutmütig mit der Schulter. Der Riese lenkte ein, trat zurück und verschränkte die Arme, als die Waldläuferin durch das wirbelnde Portal hüpfte, das in die ersten Ebene von Aramis führte. In dem Moment, in dem sie das Portal durchquerte, bewegte sich der Nordländer jedoch vorwärts und gab ihr ein paar Sekunden Zeit, den Eingang zu verlassen, bevor er hindurchsprang.

Daniel war der Nächste, seine Position in der Mitte der Gruppe ermöglichte es dem Heiler, sowohl seine schwere Rüstung und seinen Schild als auch seine Heilfähigkeiten optimal einzusetzen. Hinter Daniel kam Rob, der Zauberer. In der einen Hand trug er seine magischen Stacheln, in der anderen seinen neu erworbenen Zauberstab. Asin, ihre frühere

Späherin, blieb zurück, um die Nachhut zu bilden und ihnen den Rücken zu decken. Nicht, dass das am Eingang so wichtig gewesen wäre, aber es war trotzdem eine gute Übung.

Als Daniel durch das Portal trat und den Eingang mit einem kleinen Sprung zur Seite automatisch freigab, schweifte sein Blick über die Umgebung des Dungeons. Sofort stellte der Abenteurer fest, dass er sehr enttäuscht war. Unter anderem bot der Dungeon keine großartigen Aussichten oder beeindruckende Anblicke, sondern nur eine weitere Reihe von heruntergekommenen Katakomben. Durch eine der fünf aufgestoßenen Türen konnte Daniel die schwach beleuchteten Korridore der ersten Ebene sehen.

Ob schwach beleuchtet oder nicht, die Gänge leuchteten immer noch mit diesem schwachen blauen Licht, das ein Kennzeichen des mit Mana durchtränkten Steins war, der Teil der Umgebung eines Dungeons war. Daniel schnaubte, hakte seinen verzauberten Kriegshammer ab und überprüfte die angelehnte Tür. Seltsam …

„Tula?", rief Daniel der Waldläuferin zu. Sie schlich sich heran und warf Daniel einen finsteren Blick zu, weil er im Dungeon seine Stimme erhoben hatte, bevor sie in die Hocke ging und die Tür betrachtete. Nach wenigen Augenblicken gesellte sich Asin zu der Waldläuferin, und sie begannen ein geflüstertes Gespräch, das aus einzelnen Worten, Mimik und Gesten bestand. Daniel trat zurück und hielt hinter den beiden Wache, während er wartete. Am Ende war es Tula, die aufschaute.

„Tür sicher. Türöffnung nicht. Magisch", sagte Tula und zuckte dann mit den Schultern. „Rob?"

Der Zauberer brummte, als er endlich gerufen wurde. Während er hinüberging, brach Asin vorsichtig das Holz um den Türpfosten auf und legte die Runenschrift dahinter frei. Rob ging in die Hocke und rief nach mehr Licht, das Asin mit einer verzauberten Lichtmünze spendete, bevor er verstummte und gelegentlich etwas murmelte. In der Zwischenzeit gingen Asin und Tula im Raum umher und untersuchten sorgfältig die anderen Türen und Türpfosten.

„Fallen am Eingang des Dungeons?", sagte Omrak, die Arme über seiner dünn gepanzerten Brust verschränkt. „Das ist ungewöhnlich, nicht wahr, Freund Daniel?"

„Das ist es", stimmte Daniel zu. „Ich kann mich nicht erinnern, dass eine der anderen Gruppen das jemals erwähnt hätte." In Wahrheit hatte die Gilde zwar Bücher, die man einsehen konnte, aber nur wenige Abenteurer machten sich die Mühe, die Gildenbücher zu prüfen. Die Gildenbücher waren nicht nur trockene Lektüre, sondern ein großer Teil der Abenteurer waren auch Analphabeten. Daher versorgte die altehrwürdige Tradition des Klatsches die Abenteurergruppen mit dem größten Teil ihres Wissens über andere Dungeons. „Asin, war das Teil der Aufzeichnungen?"

Asin sah auf und schüttelte den Kopf, bevor sie sich wieder der Tür zuwandte. Mit der Zeit kamen die Catkin und Tula zu Daniel zurück, der weiterhin über dem murmelnden Zauberer stand.

„Keine Fallen mehr", sagte Tula schließlich. „Nur diese Tür."

„Warum wird das nicht aufgezeichnet?", sagte Daniel und starrte stirnrunzelnd zurück auf die eingeschlossene Tür.

„Das liegt daran, dass es keine Falle ist", sagte Rob, als er endlich aufstand. „Außerdem ist es nicht aus dem Dungeon. Auch wenn es vielleicht so aussieht. Und es ist relativ neu."

„Wie neu?"

„Nur etwa einen Tag", sagte Rob und rieb sich das Kinn. „Ich nehme an, dass das mit Stacheln versehene Tor dazu dient, die Rückgewinnung des Tors durch den Dungeons zu verlangsamen."

„Was bewirkt es?", fragte Omrak.

„Es ist ein Ortungszauber. Das magische Äquivalent eines Schnurknäuels", sagte Rob. „Es gibt auch ein Warnsignal, das sicherstellt, dass der Magier alarmiert wird, wenn jemand durch die Tür geht."

„Warum nicht einfach den Boden benutzen?", sagte Daniel mit einem Stirnrunzeln. Es erschien ihm nicht sinnvoll, nicht nur die Tür zu verzaubern, sondern diese Verzauberung auch noch zu verstecken.

„Eine Türöffnung deshalb, weil, wenn ich den Manafluss richtig deute, heilt der Dungeon den Schaden erst, wenn sich die Tür schließt. Ein Kachelstein hingegen beginnt seinen Heilungsprozess fast sofort", sagte Rob. „Was das Verstecken angeht …" Rob zuckte mit den Schultern. „Das weiß ich nicht. Wenn Tula und Asin nicht so paranoid wären, hätten wir die kleine Verzauberung wohl kaum bemerkt."

Asin reagierte bei Robs Worten mit einem breiten Grinsen, wobei sie sich bei dieser Aussage ein wenig aufplusterte. Währenddessen sah sich Daniel in der Gruppe um und stellte das Team vor die Wahl. „Durch diese Tür oder durch eine andere?"

„Es ist eine große Ebene. Wir sollten in eine andere Richtung gehen", sagte Rob sofort. „Wer auch immer das getan hat, ist offensichtlich misstrauisch gegenüber anderen. Am besten, wir machen keinen Ärger."

„Mehr Monster in unberührtem Gebiet", sagte Omrak und stimmte zu. Asin nickte Omrak zustimmend zu, womit sie die Mehrheit hatten. Natürlich hätte Daniel sich über ihre Entscheidung hinwegsetzen können – aber wenn er das vorgehabt hätte, hätte er sie nicht einmal zur Wahl gestellt.

„In Ordnung. Also, Ohrenstöpsel für alle. Tula, such dir eine Route aus."

Die Waldläuferin grinste, nickte und steuerte sofort auf eine weitere Tür zu, die sich an der Südwand befand, direkt hinter dem Portaleingang. Sie untersuchte die Tür noch einmal genau, bevor sie sie aufzog, einen Pfeil bereits in ihrem Bogen gespannt. Doch wie der vorherige Korridor war auch dieser leer und nur schwach beleuchtet.

Mit einer Handbewegung führte Tula die Gruppe aus dem sicheren Bereich in den eigentlichen Dungeon.

Schweigend bewegte sich die Gruppe durch die schwach beleuchteten Steinkorridore, wobei Tula zehn Meter vorausging, während der Rest des Teams ihr folgte. Die Waldläuferin bewegte sich langsam und suchte den Boden, die Wände und die Decke nach versteckten Gefahren ab. Die Tatsache, dass diese Ebene dafür bekannt war, einige Fallen zu beherbergen, führte dazu, dass selbst der energische Omrak seine Ungeduld über ihr langsames Vorankommen zurückhielt. Als sie sich der ersten Tür näherten, verlangsamte Tula ihr Tempo noch mehr und lauschte aufmerksam, bevor sie sich anschlich und in die Hocke ging, damit sie um den Türrahmen herumspähen konnte. Als sie sicher war, dass keine Feinde dahinter lauerten, winkte sie die anderen nach vorne, während sie den Korridor überblickte.

Asin bewegte sich sofort vorwärts und tauschte den Platz mit Rob, der nach weiteren Gefahren Ausschau hielt, während die Catkin den neuen Raum betrat. Dieser Raum war noch schwächer beleuchtet, die von Mana durchtränkten Wände boten kaum einen Schimmer von Licht. Das störte die Catkin natürlich wenig, und ihre Augen weiteten sich, als sie das spärliche Licht aufnahm. Die schwarze Catkin schlich hinein, den Schwanz eng um den Körper gekrümmt, und durchstöberte den Raum auf der Suche nach Ärger. Omrak trat hinter ihr ein und blieb direkt am Eingang stehen, bereit, Asin bei Bedarf zu unterstützen.

Der Raum selbst beherbergte staubige Regale, zerbrochene Töpfe und einen

Esszimmertisch, der mit einem Messer gezeichneten Graffiti und ein paar verlassenen Tellern übersät war. Auf den Tellern befanden sich die Überreste eines alten Abendessens, das wie die Ecken des Zimmers selbst mit Spinnweben bedeckt war. Asin durchstöberte den Raum, wobei sie ihr Bestes tat, um die Spinnweben nicht zu berühren, was ihr manchmal nicht gelang. Daniel musste sich ein leichtes Lächeln verkneifen, als er sah, wie die hauchdünnen weißen Spinnweben an dem schwarzen Fell der Catkin klebten. Nach kurzer Zeit kam Asin mit ein paar Kupfermünzen in der Hand heraus. Daniel runzelte beim Anblick der Münzen leicht die Stirn, ihr Design war uralt und nicht mehr im Umlauf. Die Münzen selbst waren sogar etwas größer als die heute gebräuchlichen. Daniel hatte zwar schon von der seltsamen Beute gehört, die Aramis anfertigte, aber er fand die Erfahrung trotzdem beunruhigend. Wozu war ein Dungeon mit verlassenen, mit Spinnweben übersäten Räumen und uralten Münzen gut? Abgesehen davon, dass es Abenteurer verunsicherte.

Daniel schüttelte die Gedanken und Panquas seltsame Perversionen ab, und winkte die Gruppe weiter. Tula machte sich sofort auf den Weg, während die Gruppe vorwärtsging. Zwei weitere Male hielt die Gruppe an verlassenen Räumen an und kam mit einer weiteren Kupfermünze und einer Tafel süßen, unverfaulten Kakaos heraus. Als sie sich dem dritten Raum näherten, hob Tula ihre Hand, um der Gruppe zu signalisieren, langsamer zu werden. Sie schlich langsam vorwärts, während Omrak ihr folgte und sein riesiges Schwert entsicherte, um sich auf den Kampf vorzubereiten. Daniel atmete tief durch, holte seinen Hammer hervor und überprüfte noch einmal die Riemen seines Schildes, während er wartete. Seine aus Eisen gefertigte Plattenrüstung war stark und bot ihm großen Schutz, aber sie machte auch eine Menge Lärm, wenn er sich bewegte. Sein mittelmäßigers Tarnkappen-Skill war dabei nicht gerade hilfreich.

Tula ging ihrer üblichen Routine nach, bevor sie sich leicht zurückzog, ihre Hand von der Sehne ihres Bogens nahm und die Hand hochhielt. Schnell blitzten ihre Finger auf, während Daniel die Bewegungen für die Hinteren wiederholte, nur für den Fall, dass sie sie übersehen würden.

„Drei Feinde. Einer in der Nähe der Tür. Zwei weit weg." Daniel hielt inne, überlegte, was sie tun konnten, dann bewegte er seine Finger und gab weitere Anweisungen. *„Asin hoch. Ich Nachhut. Rob Unterstützung."*

Wieder formierte sich die Gruppe neu, wobei sich vor allem die beiden nach vorne bewegten, während Daniel sich weiterhin zurückhielt. Auf Tulas Kommando hin machte sich die Gruppe bereit, bevor die Waldläuferin an der Tür vorbeischritt, den Pfeil an ihre Wange zog und in einer einzigen fließenden Bewegung löste. Der Pfeil glühte, kleine Energiewirbel sammelten sich um die Spitze, als Tula ihr Skill **Durchdringender Pfeil** auslöste. Die Waffe blitzte auf und vergrub sich in einem Feind. Noch während Daniel zusah, stürzte sich Omrak mit einem Schrei auf das nächstgelegene Monster, Asin schlich sich heran, um es mit ihren Messern aus der Distanz zu unterstützen.

Einige Sekunden später begannen Rob und Daniel, sich der Tür zu nähern. Diese Annäherung und die nachfolgenden Angriffe ihrer Teammitglieder wurden jedoch unterbrochen, als die Monster ihren berüchtigten Angriff starteten und aufheulten. Die Schreie ertönten in dem kleinen Raum und verstärkten den Angriff, bevor sie in die steinernen Korridore hinausgingen. Staub zitterte und fiel herab, während der Schrei in Daniels Ohren dröhnte, sodass sein Kopf schmerzte und sein Gleichgewicht ins Wackeln geriet.

Immer wieder ertönten die Schreie, bevor Asin und Tula sich wieder aufrappeln konnten. Die beiden setzten ihre Flächeneffekt-Skills **Pfeilsturm** und **Messerfächer** ein und vervielfachten ihren einzelnen Pfeil und ihr Messer auf jeweils drei oder mehr davon. Einen kurzen Moment später verstummten die Schreie, und das Abenteurerteam kam wieder auf die Beine. Rob näherte sich schnell dem Eingang, sein Zauberstab glühte, während Daniel den Korridor nach weiteren Problemen absuchte.

Glücklicherweise traf diesmal keine weitere Verstärkung ein. In kürzester Zeit gelang es dem Team, die Zarask zu töten, sodass Daniel einen kurzen Blick auf ihre Angreifer werfen konnte, bevor sie sich in blaues Licht auflösten. Jeder Zarask war zwei Meter groß, übermäßig muskulös, hatte rote Haut und winzige Hörner, die aus dem Kopf ragten. Die Zarask hatten zwei Mäuler – eines auf dem Kopf und ein größeres, von den Elementen durchdrungenes Maul in der Brust. Aus diesem drangen die Schreie.

Sobald die Körper verblasst waren, fielen die Manasteine von den Körpern der Kreaturen zu Boden, wo Asin sie einsammelte. Sie reichte einen der Kristalle an Rob weiter, der ihn in einen dafür vorgesehenen Beutel steckte, bevor er die anderen beiden einsteckte. Nach der Erkundung würden sie die Steine zusammenlegen, bevor sie sie in der Abenteurergilde zum Verkauf anboten.

Wieder einmal wurde Daniel von der Seltsamkeit des Dungeons überrascht. Manasteine waren der Samen, den Erlis benutzte, um die Verderbnis zu entfernen, die Ba'al in ihren Adern verbreitete. Die Dungeons waren die Gebiete, die Erlis als die Bereiche auswählte, in denen er die Verderbnis vertreiben wollte. Die Steine selbst hatten eine Vielzahl von Verwendungsmöglichkeiten, da sie Mana enthielten – den verfestigten Lebenssaft von Erlis selbst. Doch mehr als ein Tavernenphilosoph hatte sich effizientere Methoden ausgedacht, wie Erlis sich von Ba'als Verderbnis reinigen konnte. Es war zweifelsohne ziemlich ineffizient, Abenteurer in die Dungeons zu schicken, um die verdorbenen Monster zu säubern. Und auch gefährlich, wenn sie versagten.

Nur die Tempel boten eine wirkliche Erklärung, indem sie betonten, dass die Dungeons eine Prüfung seien, der Grund für die Entwicklung von Erlis' Kindern – der Menschheit, der Beastkin, der Zwerge und mehr. Das warf natürlich Fragen über die Bedeutung von Abenteurern und kampffreien Klassen auf, und darüber, wie Erlis über Personen dachte, die sich nicht der „Prüfung" des Dungeons unterzogen. Bei diesen Fragen und Antworten war sich Daniel weniger sicher. Er wusste, dass Priester allgemeine Plattitüden von sich gaben und dass Abenteurer und Dungeons nicht die einzige Möglichkeit waren, Erlis' Segen zu erhalten, aber …

Es galt, dass Erfahrung, Erlis' Segen, am meisten in den Dungeons gesammelt wurde.

***

Stunde um Stunde stapften die Abenteurer durch die erste Ebene von Aramis. Als die Gruppe die Sicherheit des ursprünglichen Eingangs verließ, trafen sie auf immer mehr Zarask. Die großen Dämonen standen nicht nur in den verlassenen Räumen herum, sondern patrouillierten auch durch die Gänge der Katakomben und erwischten die Gruppe gelegentlich, wenn sie in die Tiefe stiegen.

In der fünften Stunde ihrer Erkundung stieß das Team schließlich auf seine erste echte Herausforderung. Eine Patrouille von vier Zarask war gerade um die Ecke eines kurzen Korridors gebogen, als Tula aus ihrer Deckung herausgetreten war. Überrascht hatte die Rangerin aus Reflex ihren Pfeil losgelassen und ihn tief in der Schulter eines Monsters versenkt, doch das reichte nicht aus, um das verletzte Monster und ein weiteres zu stoppen, das schreiend durch die Gruppe taumelte. Während sich das Team erholte und zu reagieren begann, griff das andere Paar Zarask-Dämonen Tula an und verwickelte die Rangerin in einen Nahkampf.

Omrak stürzte sich auf eines der Monster und warf es mit der Schulter um, wobei er sein Skill **Herausforderung des Nordens** einsetzte, um die Aufmerksamkeit der anderen Monster auf sich zu ziehen. Dann zog er sich sofort zurück und schwang sein Großschwert im Kreis, während er versuchte, die Monster zu sich zu locken.

Hinter ihm stürmte Daniel nach vorne, um die Gruppe zu unterstützen. Leider wich Omrak, der in seinem Kampfrausch gefangen war und Daniels Annäherung nicht hören konnte, nicht zur Seite, um dem Heiler zu erlauben, ihn zu unterstützen. Daniel knurrte frustriert, als er sich duckte und sich an die linke Seite von Omrak drängte, in der Hoffnung, sich so gut wie möglich vorbeizudrücken. In der Zwischenzeit lieferte sich Omrak einen Schlagabtausch mit den Monstern, bei dem mehr Schwert und Klauen aufeinanderprallten und Blut floss, als schlecht geblockte Angriffe stattfanden. Leider war der Korridor nicht breit genug, um allen Monstern die Möglichkeit zu geben, Omrak anzugreifen, und der langsamste Dämon zog sich zurück, um seine Aufmerksamkeit auf Tula zu richten, die immer noch hinter den feindlichen Linien gefangen war.

Rob rannte nach vorne, die Kugeln aus verzaubertem Eis in der Hand. Der Zauberer duckte sich nach rechts und warf die beiden Kugeln weg. Die Kugeln fielen nach vorne und lösten ihre Ladung zwischen den Füßen des roten Zarask aus. Eisstacheln explodierten, froren die Zarask ein, verletzten sie und verlangsamten ihr Vorankommen, sodass Omrak einem von ihnen ein Körperteil abhacken konnte. In der Lücke fand Daniel schließlich einen Platz, an dem er sich weit genug nach vorne schieben konnte, um Tula zu finden.

„Erlis' Tränen", fluchte Daniel und schlug eine bohrende Klaue weg, während er in die Ferne blickte. Tula hatte ihren Bogen fallen lassen, ein Arm hing nutzlos an ihrer Seite herab, während sie mit der rechten Hand ihr großes Messer schwang, um ihren Angreifer zurückzustoßen. Der Zarask hatte jedoch den Vorteil der Reichweite und der Stärke, und jeder Angriff ließ die kleinere Rangerin taumeln. Daniel holte tief Luft, duckte sich hinter seinem Schild und sah seine Freundin an, während er sein Mana aufzog, um eine **Kleine Heilung II** auf Tula zu wirken.

„Omrak!", rief Daniel so laut er konnte, in der Hoffnung, dass der Riese ihn hören konnte. Er konnte bereits sehen, wie der Umriss von Omraks Körper in rotem Licht aufleuchteten, als sein Wut-Skill ausgelöst wurde, das dem blonden Nordländer Kraft gab, während er blutete.

Zuerst setzte Daniel einen **Schildschlag** ein und wehrte einen Klauenhieb ab. Dann trat er vor und löste **Doppelschlag** aus, wobei er die Klauen wegschlug, während er vorwärts rückte. Ein Schlag ließ Daniel zur Seite taumeln, aber er ignorierte es und drängte sich vorwärts, wobei er schwer atmete, da seine Ausdauer durch den wiederholten Einsatz seiner Skills schwand. Trotzdem ging er hinein, duckte sich dicht vor seinem Angreifer und drehte seine Hüften, als er den Zarask mit seinem Rückstoß-Skill **Perins Schlag** am Oberkörper erwischte. Der Schlag erwischte das Monster und hob es von den Füßen, sodass es in seine gefangenen und erstarrten Freunde taumelte.

Als die Lücke frei war, stürzte Daniel nach vorne, um Tula zu helfen. In der Zwischenzeit warf Omrak einen überhohen **Kraftstoß** und setzte die ganze Kraft seines muskulösen Körpers in den Schnitt ein. Unterstützt von seinem eigenen passiven Skill **Geringe Stärke** riss der Schnitt durch Brust und Gliedmaßen und tötete ein Monster. Ein zweites verendete, als Rob die schwebenden Stacheln, die er als Verteidigungswerkzeug benutzte, in seinen Hals und Rücken rammte.

Gerade als Daniel Tulas Angreifer erreichte, wurde er von hinten durch eine Reihe lauter Schreie erschüttert. Tula war unaufmerksam, verpasste einen Block und bekam ihre Brust aufgerissen. Sie flog einen Meter nach hinten, bevor sie gegen die Wand prallte und bewusstlos zu Boden sank.

Noch während Daniel sich aufrichtete, stürzten sich der Zarask auf den Abenteurer, mit weit aufgerissenen Mäulern, aus denen die rosafarbene, nasse Schleimhaut hervorlugte. Schreiend stürzten sich die beiden aufeinander und lieferten sich einen Schlagabtausch. Gedanklich fragte sich Daniel, woher diese neuen Schreie stammten. Und wo Asin steckte.

Allein waren diese Monster nicht besonders stark. Ihr Spezialangriff war zwar lästig und ihre Stärke übermächtig, aber Daniel wusste, dass er diesen Kampf gewinnen konnte. Bessere Rüstung, bessere Waffen und mehr Skills waren ein großer Vorteil. Doch in seiner Eile, näher zu kommen und den Kampf zu beenden, verpasste Daniel eine Finte, ließ seinen Schild zu tief fallen und erhielt den angepassten Schlag auf die Rüstungsbänder. Daniel taumelte zu Boden, eine Klaue war irgendwie zwischen die Platten gerutscht und hatte sich in seine Schulter gebohrt, wodurch die Klaue selbst hängen blieb.

Auf dem Boden starrte Daniel entsetzt den Korridor hinunter, aus dem er gekommen war. Dort kämpfte Asin, um einen Zarask davon abzuhalten, sie zu zerquetschen, während Rob hinter einer Eiswand kauerte, die langsam unter den Angriffen eines anderen Zarask zerbrach.

Nur Omrak schien es gut zu gehen, obwohl er von zwei Dämonen schwer bedrängt wurde. In die Ecke gedrängt, konnte Omrak sein Schwert nicht richtig einsetzen und war gezwungen, seine Waffe in der Mitte der Klinge zu halten und mit beiden Händen zu blocken und zuzustechen.

Ein Fuß erschien in Daniels Sicht und bewegte sich schnell auf sein Gesicht zu. Der Abenteurer zog seinen Kopf eng an die Brust, ließ den Schlag auf die Unterseite seines Kinns und die Helmriemen prallen und spürte, wie sich sein Körper vor Schmerz krümmte. Aber der Schmerz, gegen eine Metallplatte zu treten, bremste den Dämon für eine Sekunde. Lange genug für Daniel, um sich umzudrehen und das Knie des Monsters zu zertrümmern, als **Perrins Schlag** das Glied in eine Richtung zwang, während das Gewicht der Kreatur in eine andere ging.

Als Daniel sich aufrappelte und zögerte, ob er die verletzte Tula retten oder sich dem Kampf anschließen sollte, schrie Omrak laut auf. **Blitzruf,** das Verteidigungsskill des Nordländers, explodierte aus seinem Körper. Rote Blitze sprangen vom Nordländer auf die beiden Monster in seiner Nähe über, dann wieder auf die reglosen Körper und danach auf Robs Angreifer und Daniel. Der Schmerz verschlang die Getroffenen, Zähne wurden zusammengebissen, und in Daniels Nase stieg der Geruch von verbranntem Haar und knusprigem Fleisch auf.

Nach einer Verschnaufpause warf Rob eine Reihe kleiner Kugeln, die das Fleisch des Zarask trafen und daran haften blieben. Die Kugeln begannen dann Hitze auszustrahlen, während sie sich drehten und sich in das hitzeresistente Fleisch des Monsters bohrten. Ob widerstandsfähig oder nicht, der Ärger und der anfängliche Schaden brachten das Monster lange genug aus dem Gleichgewicht, damit Rob seine schwebenden Verteidigungsstacheln kontrollieren und das Monster verletzen konnte.

Nachdem Omrak seinen Angriff beendet hatte, holte er mit einem Fuß aus und kickte einen Zarask zur Seite. Der Nordländer hielt sein Schwert hoch und warf es wie einen verkürzten Speer, wobei er die Klinge in dem Dämon versenkte, der gegen Asin kämpfte, sodass die Catkin sich von dem Monster wegwinden konnte. In diesem Moment erlangte Daniel endlich wieder die Kontrolle über seine Muskeln, sodass er einem sich erholenden Dämon einen Schlag in den unteren Rücken versetzen konnte, bevor er sich umdrehte und auf die verletzte Rangerin zulief.

Der Instinkt eines Heilers trieb Daniel dazu an, und der kleine Heilungszauber floss in seine Hand, als er ihn auf die Rangerin wirken ließ, bevor er sie erreichte. Dieses Mal bewirkte der Zauber sogar noch weniger, die klaffende Wunde in ihrer Brust schloss sich leicht, bevor noch mehr Blut austrat. Mit zusammengepressten Lippen beugte sich Daniel über sie und betrachtete die bewusstlose Rangerin.

Zähneknirschend schlug Daniel mit der Hand auf ihre Wunde, drückte die aufgeschnittenen Eingeweide wieder an ihren Platz und richtete die gebrochenen Rippen neu aus. Während er das tat, griff Daniel in seinen Körper und zapfte seine Gabe an. Ein unglücklicher Schlag, ein schlechter Ausrutscher und ein kritischer Treffer hatten die Rangerin an den Rand des Todes gebracht. Einfache

Heiltränke und Magie nützten wenig, nicht wenn so viel Schaden angerichtet worden war. Und so tat Daniel, was nur er tun konnte.

Daniel griff mit seiner Gabe in den Körper der Rangerin, fand die aufgeplatzte Haut und die beschädigten Arterien, und nähte Blutgefäße und Muskeln zusammen. Ein Schwall der Kraft seiner **Kleinen Heilung** floss erneut in die Frau, zusammen mit dem **Zeichen des Heilers**, aber beides wurde von seiner Gabe gesteuert. Die Behebung des unmittelbarsten Schadens verlangsamte die Todesspirale, sodass seine grundlegende Heilmagie Zeit hatte, den Rest zu beheben. Innerhalb von Sekunden war die Rangerin stabilisiert und ihre Wunden begannen zu heilen, während Daniel diese fest zusammenpresste.

Aber es hatte seinen Preis. Für Wunder gab es immer einen Preis. Die Gabe war ein Fluch für diejenigen, die sie trugen. Jede Gabe von Erlis, die ihm bei der Geburt zufällig zugeteilt worden war, hatte auch ihren Preis. Ein Meister konnte gezwungen sein, mit dem Schmerz derer zu leben, die er befehligte, und ihre Wunden ungesehen zu tragen. Ein Großmeister der

Schmiedekunst könnte nicht in der Lage sein, Mana zu nutzen. Ein Barde mit einer Engelsstimme, der wochenlang nicht mehr sprechen kann, nachdem er seine Stimme eingesetzt hat. Oder ein Heiler, der seine Erinnerungen geopfert hat.

Alltägliche Erinnerungen. Als Kind im Wald hocken und eine Grimasse ziehen, wenn die Stachelbeeren ihrem Namen alle Ehre machen, wenn sie herauskommen. Ein Lagerfeuer, spät in der Nacht, beim Aufwachen das Heulen eines Wolfs in der Ferne. Ein Heulen, das von … etwas beantwortet wurde.

Andere Erinnerungen, weniger alltäglich und wichtiger. Der Teil eines Zaubers, den er studiert hatte, verblasste. Ein Abend, an dem er mit einer Frau in den Minenlagern getrunken hatte. Schön und braunhaarig, ein Mädchen, von dem er sicher war, es zu kennen. Lachen. Ein gemeinsames Lachen.

Kleine Erinnerungen. Große. Sie verschwanden in Windeseile, als Daniel seine Gabe einsetzte. Als er sicher war, dass seine Freundin stabilisiert war, löste der Heiler den Griff um sie mit seiner Gabe und ließ sie in seinen Körper zurückfallen, wo sie ruhig verweilte. Wartend. Hungrig.

„Geht es ihr gut?", fragte Rob und humpelte herüber. Irgendwie, irgendwo hatte sich der Zauberer eine Verletzung am Oberschenkel zugezogen, obwohl Daniel abwesend feststellte, dass er nicht blutete und aufrecht stand. Wahrscheinlich eine üble Prellung.

„Sie wird es überleben", sagte Daniel und runzelte die Stirn. „Sie hat es nicht geschafft, auszuweichen. Es hat sie aufgerissen." Daniel sah auf und überprüfte den Rest seiner Freunde. Er stellte fest, dass sie den Angriff überlebt hatten – beide seiner anderen Freunde trugen zahlreiche kleinere Schnittwunden und in Asins Fall eine schnell anschwellende Beule über einem Auge davon. Daniel seufzte, stand auf und legte Rob beiläufig eine Hand auf die Schulter, während er das **Zeichen des Heilers** anwandte. „Kannst du auf sie aufpassen?"

„Natürlich", sagte Rob und nahm Daniels Platz ein. „Deine Skills sind erstaunlich. Ich habe in meinem Dorf schon mal eine weniger schwere Wunde sterben sehen."

„Glück gehabt", murmelte Daniel, der den Kopf gesenkt hielt und sich weigerte, Rob anzusehen, als dieser wegging. Schuldgefühle überfluteten Daniel. Schuldgefühle, weil er seinen beiden Teamkollegen noch nichts von seiner Gabe erzählt hatte. Aber die Gefahr, dass andere das volle Ausmaß seiner Fähigkeiten erfahren könnten, lastete auf ihm. Es machte Daniel Angst, was die Gilden, das Königreich von ihm verlangen würden, wenn sie es wüssten. Also log er. Und er heilte seine anderen Freunde.

Dreißig Minuten später wachte Tula endlich auf; ihr Körper war weitgehend geheilt. Sie war immer noch schwach, denn die magische Heilung reichte nicht aus, um sie auf den Höhepunkt ihrer Leistungsfähigkeit zu bringen. Anstatt eine weitere unglückliche Begegnung zu riskieren, ging die Gruppe zurück und kämpfte sich durch zufällige Patrouillen, bevor sie die Katakomben verließ.

Als sie in der späten Nachmittagssonne standen, blickte Tula mit blassem Gesicht zu den anderen hinüber. „Tut mir leid. Ich habe euch alle im Stich gelassen."

„Keineswegs, Freundin Tula", grummelte Omrak und klopfte der Rangerin auf die Schulter. Die kleine Rangerin stolperte, wurde aber von Asin aufgefangen, die Omrak anfauchte. Der Nordländer errötete leicht, fuhr aber in seinem üblichen ungestümen Ton fort. „Jede Erkundung, die man überlebt, ist eine gute Erkundung. Und wir haben viele Manasteine gewonnen."

„Nicht so viele, wie wenn wir nach Artos gegangen wären", sagte Rob und verschränkte die Arme.

„Aber wir haben neue Monstererfahrung", widersprach Daniel. „Das wolltest du doch. Und ich habe genug bekommen, um aufzuleveln."

„Ich auch", stimmte Asin zu und grinste breit.

Tula grinste schwach und nickte, dass auch sie es geschafft hatte, ein Level zu gewinnen. Rob brummte leicht und murmelte etwas von ein paar fehlenden Hundert, während Omrak mit den Schultern zuckte. Dass der große Nordländer nicht aufgelevelt war, war nicht überraschend – er war es erst vor ein paar Tagen.

„Also kein kompletter Fehlschlag. Lass uns die Manasteine und die Münzen abgeben und dann etwas essen. Du brauchst viel Fleisch und eine ordentliche Portion Ruhe. Morgen früh werde ich die Heilung beenden“, wies Daniel Tula an, während die Gruppe unter großem Jubel loszog.

Wie Omrak schon sagte – jede Erkundung, bei dem niemand starb, war eine gute Erkundung. Mit diesem Gedanken drehte sich die Gruppe leicht um und starrte auf die Stelle, an der Artos stand.

Ja. Jede Erkundung.

Kapitel 3

Daniel lag am nächsten Morgen im Bett und fühlte sich erschöpft und energielos. Nach dem erschütternden Kampf am Vortag konnte er sich nicht dazu motivieren, sein Bett zu verlassen, zumal er wusste, dass es an diesem Tag nichts Wichtiges gab, das seine Aufmerksamkeit erforderte. Nein. Gestern Abend hatte er grob einen Tag mit Training und Leveling eingeplant.

Zumindest, so dachte Daniel, könnte er sich um sein Leveling kümmern. Daniel konzentrierte sich und rief die Benachrichtigung auf, die in seinem Blickwinkel lag, und holte die Ankündigung von Erlis hervor.

Levelaufstieg!
Abenteurer Level 13
Du hast 5 Attributspunkte gewonnen.

Daniel seufzte und starrte auf die mageren Gewinne. Es war wirklich so, dass es viel schwieriger war, neue Level zu erreichen, nachdem man die ersten zehn erreicht hatte. Es half auch nicht, dass Daniel zusätzlich die Klasse des Bergmanns hatte, die ihn zwang, noch mehr Erfahrung zu sammeln als ein Abenteurer mit nur einer Klasse. Es gab nicht viele Menschen, die Abenteurer als erste Klasse wählten. Nur wenige hatten die Möglichkeit, geschweige denn den Wunsch dazu.

Daniel schob diese Gedanken beiseite und wandte sich seinem Charakterblatt zu. Vielleicht war Daniels größte Frustration die Art und Weise, wie seine Punkte verteilt werden mussten. Im Gegensatz zu Omrak oder Asin, deren Rollen in der Gruppe klar waren, war seine etwas unklarer. Er war natürlich ihr Heiler, aber er fungierte auch als zweiter Frontkämpfer. Als Heiler konnte er dank seiner Intelligenz- und Willenskraftwerte schneller neue Zauber lernen und mehr davon anwenden, während er sich schneller regenerierte. Da sich die Manapools aber nur etwa alle sechs Stunden füllten, war die Regenerationsrate recht niedrig.

Das ließe sich mit erheblichen Investitionen in **Weisheit** bewerkstelligen. Daniel kannte einen Heiler in der Stadt, der den größten Teil seiner Attributssteigerungen in **Willenskraft** steckte. Das bedeutete, dass er eine viel größere Anzahl von Heilzaubern anwenden konnte als seine Brüder, wodurch er schneller aufleveln konnte. Zumindest behauptete er das. Das Problem bei dieser Strategie war, dass die Heiler ab einem bestimmten Punkt immer schwierigere Krankheiten bekämpfen und heilen mussten, um voranzukommen. Ohne Investitionen in die **Intelligenz** war die Fähigkeit, die Mana-intensiven mittel- und hochrangigen Heilzauber zu verstehen und anzuwenden, erheblich beeinträchtigt. Andererseits kannte Daniel diesen Heiler persönlich. Wie viele andere begnügte er sich damit, seine Tage mit den grundlegenden Zaubern und Heilungen zu verbringen, immer und immer wieder – schließlich wiederholten sich die meisten Krankheiten und Verletzungen. Abenteurer wurden geschnitten, gestochen, zerquetscht und aufgespießt. Es war selten, dass man hochgradige Krankheiten oder Seuchen sah. Daher war es sinnvoll, sich auf niedrige und mittlere Zaubersprüche zu beschränken.

Für Daniel bestand das Problem natürlich darin, dass er auch seine drei körperlichen Eigenschaften verbessern musste. Ursprünglich hatte Daniel aufgrund seines Hintergrunds als Bergmann einen erheblichen Vorteil bei **Stärke**.

Die Steigerung seiner **Beweglichkeit** war daher sinnvoll, um sicherzustellen, dass er seine Gegner treffen konnte. Aber jetzt bedeutete die Aufteilung seiner Levelpunkte, dass Daniel für einen Frontkämpfer schnell zu schwach wurde. Daniel wusste zum Beispiel, dass Omrak vierzig Punkte in **Stärke** und noch mehr in **Verfassung** hatte. Nur seine **Beweglichkeit** war niedriger, und diese war nicht viel niedriger als von Daniel. Asin hingegen hatte – nach der letzten Diskussion – allein fünfzig Punkte in **Beweglichkeit**, was die Catkin zu einer äußerst schwer zu fassenden Gegnerin machte, da sie ihre Angriffe beschleunigte. Im Gegensatz dazu war Daniels höchstes körperliches Attribut eine Zweiunddreißig in **Verfassung** – und das war sein höchstes Attribut.

Daniel wusste, dass er mit der Zeit nicht mehr in der Lage sein würde, das Team an der Front oder als Heiler zu unterstützen, wenn er seine Attribute weiterhin so breitflächig aufteilen würde. Es war an der Zeit, dass Daniel ernsthaft darüber nachdachte, wie er sich im Team positionieren wollte. Zwar konnte er sich im Kampf immer noch behaupten, aber die vierte

Ebene in beiden Dungeons war allmählich Daniels Grenze im Einzelkampf. Um das zu ändern, musste Daniel mehr Zeit auf seine Hammer- und Schildtechniken verwenden und ein weiteres Kampf-Skill erlernen.

Oder … Daniel berührte sein Portemonnaie. Vielleicht gab es eine andere Möglichkeit, das zu umgehen. Einer der Nebeneffekte, einer der wenigen Heiler in der Stadt zu sein, war die hohe Nachfrage nach seinen Skills. Auch wenn er sein Gehalt im Krankenhaus nicht energisch ausgehandelt hatte, verdiente er immer noch ein beträchtliches Gehalt. Daniel öffnete sein Portemonnaie und starrte auf seine Einkünfte.

In dem Beutel befanden sich etwas mehr als sechzig Goldmünzen mit verstreutem Silber und Kupfer. Es war ein wahres Vermögen. Genug für eine Familie, um fünf Jahre oder so zu leben. Und man schuldete ihm noch ein weiteres Dutzend Gold für die letzte Arbeitswoche. Bei so viel Geld gab es keinen Grund, warum Daniel seine Rüstung und Ausrüstung nicht verbessern konnte.

Nachdem er sich Klarheit verschafft hatte, wandte Daniel seine Aufmerksamkeit seinen

Eigenschaften zu. Sosehr es ihm auch widerstrebte, seine Rolle als Heiler anzunehmen, erkannte Daniel, dass dies auch eine gute Tarnung für seine Gabe war. Je besser er sich mit „normaler" Heilung auskannte, desto weniger Fragen würde es geben, wenn er eine Wunderheilung vollbrachte. Solange er in der Lage war, seine Gabe im Schatten seiner „normalen" Heilkunst zu verstecken, würde ihn wahrscheinlich niemand von der Abenteuertour abhalten. Schließlich waren Heiler zwar selten, aber alle Expertenteams hatten mindestens ein auf Heilung spezialisiertes Mitglied. Anders war es einfach nicht machbar.

Entschlossen und mit einem leichten Unbehagen in der Brust, etwas, das Daniel gemeinsam mit der Erinnerung an die sterbende Tula beiseiteschob, konzentrierte er sich wieder auf sein Blatt und verteilte seine Punkte. Er teilte die Punkte zu gleichen Teilen auf **Intelligenz** und **Willenskraft** auf und ließ den restlichen Punkt für Konstitution übrig. Ein toter Heiler war ein nutzloser Heiler.

Nachdem er seine Attribute bestätigt hatte, wandte sich Daniel als Nächstes den zahlreichen

Benachrichtigungen über Skill-Verbesserungen zu, die er bisher ignoriert hatte. Da die Entwicklung der Skills unabhängig davon stattfand, ob Daniel die Benachrichtigungen las oder nicht, nahm sich der Abenteurer oft die Zeit, die Informationen zu lesen, bevor er seine Trainingsstrategien plante, um seine Entwicklung zu optimieren. Im Moment gab es einige Benachrichtigungen, die besonders interessant waren.

Skill Levelaufstieg

Keulen-Skill wurde auf Novize Level 8 erhöht. +9 % Schaden für alle Keulenwaffen.

Skill Levelaufstieg

Schild-Skill wurde auf Novize Level 7 erhöht. +8,5 % Schadensminderung für alle Schildblöcke. +4,25 % für Schaden, der mit dem Schild verursacht wird.

Skill Levelaufstieg

Kampfsinn wurde auf Novize Level 5 erhöht. Erhöhte Wahrnehmung von Feinden und Verbündeten gewonnen. Erhöhte Wahrnehmung von

erlittenem und erhaltenem Schaden. Erhöhter Kampfablauf.
Neue Skillfertigkeit verfügbar.

Skill Levelaufstieg

Heilungs-Skill wurde auf Novize Level 5 erhöht. +7,5 % Erhöhung des Schadens, der durch magische und nicht-magische Mittel geheilt wird. +3,75 % Erhöhung der nicht-magischen Heilungsgeschwindigkeit der Behandelten.
Neue Skillfertigkeit verfügbar. Neuer Zauberspruch verfügbar.

Die Erhöhung des Heilungs-Skills war besonders interessant. Daniel hatte zwar schon früher neue Zauberoptionen erhalten, aber dies war das erste Mal, dass er die Möglichkeit einer Skillfertigkeit erhielt. Einen Moment lang träumte Daniel von der Art, die ihm zur Verfügung stand, bevor er den Gedanken beiseiteschob. Es gab nichts zu tun, bis er das nächste Level erreicht hatte. Stattdessen rief Daniel seinen neuen Status auf, um die Veränderungen an seinem Körper zu bewundern, die er seit dem letzten Mal, als er sein Sheet betrachtet hatte, vorgenommen hatte.

Name: Daniel Chai (Fortgeschrittener Rang Abenteurer)	Rasse: Mensch (männlich)
Klasse: Abenteurer Level 13 (0,9 %)	Unterklassen: Level 7 (Bergmann) (2,4 %)
Leben: 343	Ausdauer: 343
Mana: 257	
Attribute	
Stärke: 29	Beweglichkeit: 25
Verfassung: 33	Intelligenz: 29
Willenskraft: 23	Glück: 17
Skills	
Waffenloser Kampf: Level 8 (94/100)	Keulen (Novize): Level 8 (32/100)
Bogenschießen: Level 3 (24/100)	Schild (Novize): Stufe 7 (14/100)
Ausweichen (Novize): Level 3 (21/100)	Kampf-Sinn (Novize): Level 5 (14/100)

Wahrnehmung (Novize): Level 3 (77/100)	Bergbau: Level 7 (58/100)
Heilen (Novize): Level 5 (13/100)	Kräuterkunde: Level 3 (98/100)
List: Level 2 (42/100)	Kochen: Level 4 (18/100)
Singen: Level 2 (14/100)	Taktik: Level 4 (12/100)
Skillfertigkeiten	
Doppelschlag	Schildschlag
Perins Schlag	Schwachstellen finden
Kartografie (II)	Inventar (Abenteurer Spezial)
Zaubersprüche	
Kleine Heilung (II)	Zeichen des Heilers (I)
Gaben	
Berührung des Märtyrers – Der Zaubernde kann sich selbst oder andere durch Berührung und Konzentration heilen und opfert dafür einen Teil seines Lebens. Die Kosten variieren je nach Ausmaß der geheilten Verletzungen.	

Gestärkt durch die Veränderungen schwang Daniel seine Füße vom Bett und wusch sich schnell. Unten angekommen, stellte er fest, dass sich sein Team bis auf Tula bereits aufgeteilt hatte. Eine schnelle Heilung stellte sicher, dass seine Teamkollegin wieder in Topform war.

„Ich muss mich melden", informierte Tula Daniel, während sie zum Abschied winkte und aus dem Gasthaus hüpfte.

Daniel setzte sich allein hin und frühstückte in aller Ruhe. Es war besser, das jetzt zu tun und dann einkaufen zu gehen, wie es sein neuer Vorsatz vorsah. Da alle seine Waffen und Ausrüstungsgegenstände in seinem Inventar aufbewahrt wurden, war Daniel sicher, dass er die verschiedenen Händler aufsuchen und, falls nötig, seine Ausrüstung direkt verzaubern lassen konnte. Obwohl …

„Ich frage mich, ob Rob es tun könnte?", sagte Daniel und tippte auf seine Lippen. Das sollte man auf jeden Fall in Betracht ziehen. Der Zauberer hatte zwar ein niedriges Level, aber Daniel konnte auf diese Weise vielleicht einen billigeren Zauber erhalten. Natürlich würde Daniel dafür bezahlen. Aber es war interessant, dass Rob noch kein Angebot gemacht hatte. Vielleicht dachte der Selkie, dass es das Team stören würde? Oder dass seine Skills nicht ausreichten?

Es stimmte, dass Rob wie der Rest des Teams immer noch relativ niedrige Level hatten. Dennoch war es einen Versuch wert, wenn er sich das nächste Mal mit ihm traf. Abwesend vor sich hin summend, beendete Daniel schnell sein Frühstück und bedankte sich bei dem lächelnden Gastwirt, bevor er ging.

*****

Ein weiterer Vorteil der Arbeit als Heiler war die Möglichkeit, sich schnell und einfach zuverlässiges Wissen anzueignen. Die meisten Arbeiten, die Daniel im Krankenhaus erledigte, waren zwar ernsterer Natur, aber die meisten Krankheiten, die in dem großen Gebäude behandelt wurden, waren nicht lebensbedrohlich. Tatsächlich war der Großteil der Arbeit, die Daniel verrichtete, nicht lebensbedrohlich. Daher verbreiteten sich Klatsch und Tratsch im Krankenhaus in einem angemessenen Tempo. Das bedeutete, dass es nur einen kurzen Zwischenstopp brauchte, bis Daniel mit drei Namen in der Tasche unterwegs war.

Daniels erste Anlaufstelle war ein bekannter Waffenschmied, der sich mit Verzauberung beschäftigte. Leider weigerte sich der Waffenschmied rundheraus, an Daniels vorhandener Eisenplattenrüstung zu arbeiten, und spuckte fast vor Wut, als er gebeten wurde, seine Arbeit an „schlampigem, von Orks hergestelltem Schrott" zu verschwenden. Daniel fühlte sich ebenso wie seine Rüstung ein wenig beleidigt und ging zum nächsten Schmied auf der Liste. Dieser Schmied war auf Waffen spezialisiert, aber nachdem er einen Blick auf Daniels verzauberten Kriegshammer geworfen hatte, erklärte er, dass er keine weitere Hilfe anbieten könne. Er versuchte dann aber, Daniel eine Reihe anderer Waffen zu verkaufen, von denen Daniel insgeheim eine haben wollte.

Ifrit-Dolch der Dritten Flamme

Wirkung: Der Dolch der Dritten Flamme ist so verzaubert, dass er den Dolch in Flammen hüllt.

Diese Waffe verursacht Feuer- und Brandschaden (20-30 Punkte), wenn sie mit dem Ziel in Kontakt kommt.
Lebensdauer: 50/50
Gegenstandsklasse: Verzaubert
Qualität: Ausgezeichnet (+5 auf Verzauberungs-schaden)

Anstatt den Gegenstand spontan zu kaufen, schob Daniel die Entscheidung auf, bis er den letzten Laden besucht hatte. Die Waffe selbst war wesentlich mächtiger als die Armschienen, die Daniel einst getragen hatte, aber die Armschienen waren schließlich für einen Anfänger-Abenteurer gemacht worden. Außerdem hatten sie den Vorteil, dass sie Daniels Aura verzauberten, was bedeutete, dass alle seine Schläge verzaubert waren. Diese Waffe hingegen war der einzige verzauberte Gegenstand.

Als Daniel die Straße entlangging, achtete der Abenteurer genau auf die Passanten. Selbst jetzt, Monate nach seiner Ankunft, empfand Daniel die schiere Größe der Stadt immer noch als einschüchternd. Da Daniel den größten Teil seines Lebens damit verbracht hatte, von Mine zu Mine zu ziehen, hatte er die Städte, die an die Berge grenzten, in denen er gearbeitet hatte, nur selten besucht. Nur gelegentliche Ausflüge mit seinem Großvater hatten Daniel den nötigen Überblick verschafft, um nicht völlig überwältigt zu sein. Es half auch nicht, dass die Geschäfte mit verzauberten Waren alle in den reicheren, wohlhabenderen Vierteln der Stadt angesiedelt waren. Daher war Daniel erleichtert, als er endlich am Eingang des letzten Ladens ankam. Der Laden selbst hatte sogar Glasfenster, und das größtenteils klare Glas zeugte davon, wie wohlhabend der Zauberer war, der sich darin aufhielt. Im Schaufenster waren zahlreiche Accessoires ausgestellt, von Halsketten und Ohrringen bis hin zu den allseits beliebten Ringen.

Im Laden begrüßte eine lächelnde Verkäuferin mit Grübchen und kastanienbraunem Haar Daniel fröhlich. Doch trotz ihres Lächelns bemerkte Daniel, wie sie den Abenteurer kurz musterte und ihr Blick auf seinem Kriegshammer am Gürtel verweilte.

„Wie kann ich dir helfen, Abenteurer?"

„Daniel", sagte er und stellte sich vor, während er in den Laden ging. „Ich bin auf der Suche nach, nun ja, verzauberten Accessoires." Als er merkte, wie unsinnig das klang, wenn man bedenkt, wo er sich befand, fuhr Daniel fort. „Ich habe ein Problem. Ich muss anfangen, mehr Schaden anzurichten, aber ich kann nicht viele Punkte in meine körperlichen Attribute stecken."

„Kaylee", sagte die Angestellte und berührte ihre Brust. „Und das ist ein interessantes Problem. Ich habe ein paar Gedanken dazu, aber wenn du mir das etwas mehr erklären könntest?"

„Natürlich", sagte Daniel und hielt dann inne. „Ähm, ich will nicht unhöflich sein, aber bist du die Zauberin? Nur, dass du ein bisschen, ähh. …"

„Jung bist?" Kaylees Lächeln schwand keinen Millimeter.

„Hübsch", sagte Daniel und versuchte, sich von seinem Fauxpas zu erholen. Als er merkte, was er gesagt hatte, errötete er noch mehr und hustete.

Kaylee sagte nichts zu seiner unhöflichen Antwort, obwohl ihre Augen ein wenig kälter wurden, als sie sprach. „Ich bin eine Zauberin Level siebzehn. Die Arbeiten hier gehört mir, meinen Mitlehrlingen und meinem Meister. Heute bin ich an der Reihe, den Laden zu hüten.“

„Richtig. Entschuldigung“, sagte Daniel, kratzte sich am Kopf und schenkte der Frau ein halbes Lächeln. Kaylee gestikulierte nur, und Daniel atmete langsam aus, während er überlegte, was er sagen sollte. „Ich bin ein Heiler. Ich habe früher an vorderster Front gekämpft. Gut, das tue ich immer noch. Aber ich muss härter zuschlagen. Und ein bisschen besser verteidigt werden. Nicht viel. Ich bin ein Schildträger.“

„Verstehe“, sagte Kaylee und warf noch einmal einen Blick auf Daniel. „Gibt es einen Grund, warum du keine verzauberten Verteidigungsmittel gekauft hast?“

„Na ja, nicht wirklich“, sagte Daniel. „Ich habe erst jetzt daran gedacht. Oder besser gesagt, ich hatte jetzt das Geld dafür. Und ich habe es ein bisschen eilig mit einem Upgrade. Und ein kompletter Anzug ist sowohl teuer als auch zeitaufwendig.“

Kaylee konnte dazu nur nicken. Sie wussten beide, dass die Verzauberung eines kompletten Panzeranzugs extrem teuer sein würde. Stattdessen tippte Kaylee mit einem Finger auf ihre Lippen und begann gedankenverloren auf einem Fingernagel zu kauen, bevor sie ihn mit einem Ruck aus dem Mund zog. Die Verkäuferin warf Daniel einen Blick zu, und als sie sah, dass er ihre ganze Aktion gesehen hatte, errötete sie leicht.

„Dann ist unser Zubehör wohl die beste Option. Dein Hammer wird fürs Erste ausreichen, obwohl er in ein paar Level aufgerüstet werden muss", sagte Kaylee. „Aber das können wir mit dem richtigen Zubehör aufschieben. Kennst du dich mit Verzauberungen aus?"

Daniel schüttelte den Kopf, und Kaylee lächelte leicht. „Das ist eigentlich gut. Die meisten Abenteurer denken, sie wüssten Bescheid, und dann machen sie später doch Fehler. Es ist besser, eine richtige Ausbildung zu bekommen."

„Okay."

„Fangen wir mit den Grundlagen an. Die erste Art der Verzauberung ist Materialverzauberung. Sie vergrößert und verstärkt die Eigenschaften eines Materials. Viele Verzauberungen sind von dieser Art, weil sie am einfachsten herzustellen sind. Nicht unbedingt am billigsten – denn das Material kann teuer sein –, aber am einfachsten. Daher kommen Waffen wie Feuerzahndolche oder Eiskrallensäbel." Daniel nickte und erinnerte sich, solche Waffen in dem anderen Laden gesehen zu haben. „Aber sie sind selten herzustellen und haben eine miserable Haltbarkeit."

„Die zweite Art der Verzauberung sind zaubergetriebene Verzauberungen. Dein Kriegshammer ist eine davon. In diesem Fall wird ein Zauberspruch in die Waffe selbst verzaubert. Diese sind komplizierter herzustellen, weil man nur einen Zauberspruch verzaubern kann, den man kennt – oder den ein Magier zum Zeitpunkt der Verzauberung sprechen kann. Deshalb sind sie oft entweder sehr häufig – wie eine Flammen- oder Eiswaffe – extrem selten. Dazwischen gibt es nicht viel."

„Oh", sagte Daniel und berührte seinen Kriegshammer. „Sind Zaubersprüche wie der, den ich habe, so weit verbreitet?" Oder hatte er etwas sehr Seltenes?

„Nein. Käfigzauber sind weit verbreitet, aber einen für eine unbekannte Zeit in einer Waffe zu halten …" Kaylees Lippen schürzten sich leicht. „Nein, ganz und gar nicht. Das ist ein Dungeon-Drop, oder?" Auf Daniels Nicken hin lächelte Kaylee leicht und ihre Stimme wurde fester. „Dungeon-Waffen unterscheiden sich von denen, die wir herstellen. Zaubersprüche, die zum Gebrauch und zur Wiederverwendung aufbewahrt werden, haben drei Komponenten. Erstens, die Wiederaufladung. Das ist kompliziert, schwierig herzustellen und hängt oft von den Materialien ab. Zweitens, der Zauber selbst. Je mächtiger der Zauber ist, desto mächtiger muss auch die dritte Komponente sein. Das Behältnis für den Zauber. Alle drei müssen vom Zauberer ausbalanciert werden — und diese Balance zu finden und zu entwickeln ist das, was Zauberer mit höherem Level besser macht. Aber die Dungeonwaffen verändern die Gleichung ein wenig, indem sie verändern, was als mächtiger Zauber gilt. Während ich die erste und die dritte Komponente leicht reproduzieren kann – und dies auch tue –, ist der Zauber selbst ein göttlicher Zauber. Ein göttlicher Zauber von niedrigem Level. Aber nichtsdestotrotz ein göttlicher Zauber."

„Oh …", sagte Daniel leise und berührte die Waffe unbewusst. Ihm war nie bewusst gewesen, dass seine Waffe so mächtig gewesen war. Es schien seltsam, dass ein so mächtiger Zauber auf einer – relativ gesehen – schwachen Waffe zu finden war. Aber wie Kaylee bereits erwähnt hatte, war ihr Schöpfer Panqua. Was ein Gott als mächtig ansah oder nicht, war wahrscheinlich nicht dasselbe wie bei Abenteurern wie ihnen.

„Gut. Also, wir sprachen über die Arten von Verzauberungen. Das erste Material, der zweite Zauberspruch. Die dritte Art sind glyphenartige Zaubersprüche. Anstatt einen Zauber zu verzaubern und zu speichern, kommen die verzauberten Effekte direkt von den Glyphen selbst. Natürlich sage ich Glyphen, aber es gibt eine Vielzahl unterschiedlicher kultureller Praktiken, die alles von Runen über Glyphen bis hin zu Hieroglyphen verwenden. Die

Auswirkungen sind letztlich die gleichen. Die Glyphen schöpfen aus dem umgebenden Mana und laden die Verzauberung auf, die ihrerseits die Wirkung entfaltet. Der große Unterschied ist, dass bei einer glyphenartigen Verzauberung nichts gespeichert wird – das Mana wird sofort umgewandelt."

Daniel runzelte die Stirn. „Ich verstehe die Glyphenzauber, aber was, ähm, bewirken sie?"

„Die häufigste Art sind die, die sich direkt auf die Aura auswirken", sagte Kaylee. Sie winkte Daniel zu einer Vitrine hinüber, auch als sich sein Gesicht zu erhellen begann. Immerhin hatte er direkte Erfahrung mit einer solchen Verzauberung.

„Siehst du das hier? Diese Ringe oben sind alle mit Glyphen versehen. Das sind meistens Aura-Verbesserer – die Edelsteine zeigen die Art der Verstärkung deiner Aura an. Also, blau für Kälte, rot für Feuer, weiß für heilig, schwarz für Energieentzug", erklärt Kaylee. „Wir empfehlen natürlich, dass ihr sie nicht außerhalb des Dungeons tragt."

„Ich hatte einen Armreif, der Auren verstärkte", warf Daniel ein. „Ich konnte ihn nicht unter meiner jetzigen Rüstung tragen."

„Gut, deshalb bevorzugen wir Accessoires", sagte Kaylee lächelnd. „Die zweite Reihe sind die mit Zaubern gewebten. Diese halten und enthalten Zaubersprüche, wobei das Knotengeflecht um die Steine anzeigt, dass sie mit Zaubern gewebt sind."

„Das ist schlau", sagte Daniel und verstand, dass der einfache Designunterschied die Schrift deutlich machen würde.

Kaylee freute sich ein wenig über Daniels Worte, und ihre braunen Augen tanzten, als sie hinzufügte: „Also, die Steine sind dieselben, aber die meisten unserer mit Zaubern gewebten Ringe basieren auf Projektilen. Sie sind bei unseren Magiern sehr beliebt, da sie keine Handschuhe benötigen. So können sie zusätzlichen Schaden anrichten, der nicht von ihrem eigenen Mana abhängt. Aber ich würde das nicht unbedingt für dich empfehlen."

Daniel nickte, da er nicht wirklich eine schwächere Zauberversion des Feuerblitzes eines Magiers wollte. „Und die dritte Art, die stoffgewebten Ringe, sind unten." Das war keine Frage, sondern eine Feststellung, denn diese Ringe waren nicht aus Stahl oder Gold, sondern weniger zahlreich und in einer anderen Vielfalt. Es gab einen in Stein gemeißelten Ring, mindestens drei, die aus verschiedenen Arten von Knochen gemacht zu sein schienen, einen anderen, der ein ausgehöhlter Fingerring zu sein schien, und einen weiteren, der aus getrockneter Haut zu bestehen schien.

„Ja. Das sind die Spezialgegenstände unseres Meisters", sagte Kaylee stolz. „Der Ring des größeren Lebensentzugs", ein Finger zeigte auf den ausgehöhlten Fingerring, „ist wahrscheinlich die effektivste Verzauberung, um Schaden zuzufügen. Solange dein Gegner noch lebt und getroffen wird, stiehlst du ihm garantiert fünf Prozent seines Lebens. Und gewinnst etwa zehn Prozent dessen, was deiner eigenen Gesundheit entzogen wurde."

Daniels Augen weiteten, dann verengten sie sich, als sein Wissen als Heiler sich daran machte, sich vorzustellen, wie das funktionieren könnte. Wahrscheinlich handelte es sich um einen Massenregenerationseffekt" wie bei den meisten Gesundheitstränken, der die Heilungsgeschwindigkeit eines Körpers wahllos erhöhte und vielleicht auch ein wenig Energie spendete. Das war nett, aber gefährlich, wenn man es unter bestimmten Umständen übertreibt. Falsch ausgerichtete Knochen, durchstochene Organe und Ähnliches konnten den Heilungsprozess erheblich beeinträchtigen.

„Selbst dann. Das ist erstaunlich", sagte Daniel. Fünf Prozent garantierter Schaden am Leben war beachtlich. Aber es überraschte nicht, dass der verzauberte Ring auch seinen Preis hatte, was seine Wirksamkeit betraf. Daniel schüttelte den Kopf und verwarf jeden Gedanken an einen Kauf des Rings. Selbst wenn er alle Gelder, die er je verdient hatte, zusammentragen würde, käme er nicht einmal annähernd auf die erforderliche Summe. „Ich habe nicht die Mittel dafür. Auch nicht die meisten materiellen Mittel."

„Wie hoch ist dein Budget?"

Daniel zögerte und überlegte, was er antworten sollte. Schließlich entschied er sich, der lächelnden Zauberin zu vertrauen. „Fünfzig Gold ist mein Limit."

„Das reicht“, sagte Kaylee und lächelte. „Ich würde dir sogar empfehlen, zwei Verzauberungen zu nehmen – wenn du die Slots hast – statt einer starken Verzauberung. Das gibt dir mehr Flexibilität und ist ein besseres Geschäft.“

Daniel nickte, und Kaylee lächelte und führte den Mann durch den Laden, während sie ihm die Waren zeigte. Gemeinsam schränkten die beiden Daniels Auswahl ein, bis er vier Gegenstände hatte, die er für akzeptabel hielt. Das Erste war das teuerste – ein Amulett, das allein fast fünfundvierzig Gold kosten würde.

Amulett der geringeren Wahrnehmung
Wirkung: Erhöht die Aura des Benutzers, um seine Wahrnehmung um +12 % zu verbessern.
Lebensdauer: 35/35
Gegenstandsklasse: Verzaubert
Qualität: Durchschnittlich

Das Amulett selbst schien auf den ersten Blick wenig nützlich zu sein. Aber Kaylee hatte ihm erklärt, dass die gesteigerte Wahrnehmung zahlreiche Skills wie das Auffinden von Fallen,

Taktik, Kampfsinn und sogar sein Skill **Schwachstellen finden** verbessern würde. Als Kaylee Daniel das Amulett kurz anprobieren ließ, spürte er, wie sich sein Bewusstsein erweiterte. Auch ohne den aktiven Teil seines Skills Schwachstellen finden zu aktivieren, spürte Daniel, wie er von der Schwäche in Kaylees Körperbau angezogen wurde – die Art und Weise, wie sie im Stehen eine Hüfte vorwölbte, und die Vertiefung in ihrer Kehle, der Moment, in dem sie ausatmete. Daniel konnte den Blick eine Zeit lang nicht abwenden, er war fasziniert vom Fallen ihrer Brust und davon, wie eine leichte Brise ihr Haar zum Tanzen brachte.

„Hm."

„Tut mir leid."

„Es ist okay. Das passiert bei erhöhter Wahrnehmung. Es wird ein paar Tage dauern, bis du dich an die Steigerung gewöhnt hast. Aber im Gegensatz zu vielen deiner anderen Möglichkeiten ist es eine Verzauberung, die du die ganze Zeit über tragen kannst."

„Richtig", sagte Daniel und nahm das Amulett ab. Es war zu ablenkend, um es jetzt zu tragen, besonders wenn er versuchte, eine kluge

Entscheidung zu treffen. Seine nächsten beiden Wahlmöglichkeiten waren Variationen desselben Typs.

Kleiner Ring der Flamme

Wirkung: Der Kleine Ring der Flamme verleiht der Aura des Trägers ein Flammenelement. Verursacht 8 - 10 Punkte Feuerschaden pro erfolgreichem Angriff.

Lebensdauer: 20/20

Gegenstandsklasse: Verzaubert

Qualität: Durchschnittlich

Kleiner Ring der Kälte

Wirkung: Der Kleine Ring der Kälte durchdringt die Aura des Trägers mit dem Element Kälte. Verursacht pro erfolgreichem Angriff 5-8 Punkte Kälteschaden. 10 % Chance, dem Ziel einen Verlangsamungseffekt zu verleihen. Der Verlangsamungseffekt ist nur teilweise kumulativ.

Lebensdauer: 20/20

Gegenstandsklasse: Verzaubert

Qualität: Durchschnittlich

Beides waren Angriffe mit direktem Schaden. Tatsächlich war der Grundschaden des Feuerrings genauso groß wie der seines Hammers, obwohl dies natürlich nicht seine Stärke und sein Können berücksichtigte. Dennoch war der Schadenszuwachs beträchtlich. Der Kältering hingegen sorgte zwar nicht für einen direkten Schadensschub, aber für einen Sekundäreffekt. Und nach Daniels Erfahrung konnte der Sekundäreffekt recht nützlich sein.

„Du verstehst natürlich, dass diese Angriffe bei bestimmten Monstern eine geringere Wirkung haben können. Zum Beispiel ist der Feuerring in den ersten drei Ebenen der beiden – pardon, drei – Dungeons nicht so effektiv. Die Dämonen haben eine feuerdurchdrungene Aura, und deshalb macht zusätzliches Feuer bei ihnen kaum einen Unterschied", warnte Kaylee.

„Natürlich." Daniel legte die Ringe ab und wandte sich dem letzten Stück zu. Dieser war ein Ohrring. Daniel wusste zwar, dass Ohrringe ein übliches Accessoire für Männer und Frauen waren, aber er hatte sich nie als Ohrringträger gesehen. Aber die Vorteile waren zu groß, um sie aus modischen Gründen zu vernachlässigen.

Kleiner Ohrring der Rache

Wirkung: Der Kleine Ohrring der Rache verleiht der Aura des Trägers eine zerstörerische Wirkung gegen Personen mit bösen Absichten. Die Aura fügt dem Angreifer 5-10 Punkte Schaden zu. Die Höhe des Schadens hängt davon ab, wie lange der Angreifer mit der Aura in Kontakt war und wie viel Schaden er erlitten hat.

Lebensdauer: 17/17

Gegenstandsklasse: Verzaubert

Qualität: Durchschnittlich

Der Ohrring war ein interessantes verzaubertes Stück. Insbesondere griff seine Wirkung direkt die Aura des Gegners an und umging so viele gängige Verteidigungsmaßnahmen wie Rüstungen oder eine harte Haut. Das machte den geringen Schaden, den er verursachte, mehr als wett, zumal der Angriff aus seiner Aura heraus erfolgte. Einen Angriff abzublocken, würde dem Monster genauso viel Schaden zufügen wie ein

Treffer, was ein großer Vorteil war. Das bedeutete auch, dass der Ohrring gegen mehrere Angreifer effektiver war als die Ringe.

Aber seine geringe Lebensdauer gab Anlass zur Sorge. Es war zwar unwahrscheinlich, dass er beschädigt wurde, solange er unter seinem Helm steckte, aber Daniel war dennoch etwas besorgt. Außerdem kostete der Ohrring selbst fünfunddreißig Gold, während jeder der Ringe nur fünfundzwanzig kostete. Wenn er wollte, könnte er beide Ringe kaufen, aber das würde sie unwirksam machen – schließlich sind Kälte und Feuer ein direkter Gegensatz.

Der Kauf eines Rings und eines Ohrrings hingegen würde seine Mittel aufbrauchen. Und Daniel wusste, dass er sein Schild bald aufrüsten musste. Oder ihn zumindest ersetzen. Auch wenn ein einfacher Schild nicht so teuer war, so war er doch eine Ausgabe.

„Willst du sie auf Kompatibilität testen?", fragte Kaylee, als sie sah, dass Daniel zögerte. Auf Daniels Nicken hin nahmen sich die beiden die nächsten zwanzig Minuten Zeit, um die verschiedenen Accessoires anzulegen und auf versteckte Unverträglichkeiten zu testen. Das

Problem bei Verzauberungen, die die Aura beeinflussen, war, dass sie unbekannte Nebenwirkungen haben konnten. Natürlich waren einige – wie Feuer und Kälte – wohlbekannt, aber viele andere waren nur für eine Person spezifisch.

„Hm", sagte Daniel schließlich. Sosehr er den kalten Ring auch mochte, es schien, dass er erhebliche Probleme mit seiner Aura hatte. Die Verwendung des Rings und jedes anderen verzauberten Gegenstands – abgesehen von seinem bestehenden Erfahrungsring – verursachte Konflikte. Sogar der Ring der Erfahrung kam mit dem Kältering nicht zurecht. „Ich schätze, ich bin kein kalter Mensch."

„Es scheint so", sagte Kaylee. Sie schob den Feuerring und den Ohrring nach vorne. „Das scheint eine gute Kombination für dich zu sein. Sie übersteigt zwar dein Budget, aber ich bezweifle, dass du in deiner Preisklasse ein passenderes Paar finden würdest."

„Ja ..." Daniel kratzte sich am Kopf, die Lippen fest zusammengepresst, bevor er zu Kaylee aufsah. „Vielleicht gibt es ja einen Rabatt?"

„Vielleicht …“, sagte Kaylee und klopfte auf den Ohrring. „Ich könnte das ganze Paar um zwei Goldstücke billiger machen. Und das nur, weil ich das gemacht habe.“

„Zwei Gold?“ Daniel kratzte sich an der Nase, nickte dann aber entschlossen. „Okay. Erledigt.“

Kaylee lächelte, und schon bald hatte Daniel seine Taschen für die beiden Gegenstände geleert. Er verstaute den Ring schnell in seinem Inventar, um nicht aus Versehen jemanden in Brand zu setzen. Was den Ohrring anging, half Kaylee Daniel sofort, sein Ohr durchzustechen. Im Gegensatz zu den anderen verzauberten Gegenständen war der Ohrring auf Absichten ausgerichtet – sowohl auf Daniels als auch auf die seiner Angreifer. Es war ein komplizierterer Gegenstand, weshalb es auch teurer war.

„Das sieht gut aus“, sagte Kaylee, während Daniel seine Hand nach unten zog und sich zwang, sein Ohr nicht zu berühren. Es war … nun ja, seltsam. „Komm wieder, wenn du mehr Sachen brauchst.“

Daniel konnte Kaylee nur ein angestrengtes Lächeln schenken, bevor er ging. Als er aufblickte und die Sonne betrachtete, stellte Daniel fest, dass es später war, als er erwartet hatte. Der Abenteurer beschleunigte seine Schritte und machte sich auf den Weg zur Gildenhalle, um sein Training fortzusetzen. Auf keinen Fall durfte er mit dem Training nachlassen, auch nicht mit den neuen verzauberten Teilen.

Kapitel 4

Zwei Tage später versammelte sich die Gruppe erneut vor dem Eingang von Aramis. Diesmal war die Gruppe etwas düsterer gestimmt, da sie sich der Gefahr bewusst war. Die Monster im Inneren waren zäh und, noch wichtiger, sie waren geneigt, große Schäden zu verursachen. Ein unvorsichtiger Moment der Gruppe genügte, um einen von ihnen zu töten. Deshalb gingen sie dieses Mal mit ungewohnter Ernsthaftigkeit durch die Prozeduren vor dem Einlass.

Nach kurzer Zeit sah sich die Gruppe erneut einem Paar Zarask gegenüber gestellt. Diesmal war die Gruppe etwas anders ausgerüstet und probierte einige neue Taktiken aus. Tula begann das Gefecht, indem sie einen neuen Pfeil abfeuerte, der direkt auf das Brustmaul des Zarask flog. Die Kreatur schloss ihre Lippen automatisch, was die Wirkung ihres Pfeils jedoch nur noch verstärkte. Beim Aufprall explodierte die kleine Kristallspitze, und verteilte den flüssigen Klebstoff und das Spinnenseidenextrakt, wodurch das Maul der Kreatur vorübergehend versiegelt wurde.

Omrak schleuderte hinter Tula eine Wurfaxt auf das andere Monster, noch während es nach vorne stürmte. Anstatt nach seinem Schwert zu greifen, rammte Omrak den Zarask mit der Schulter, als die Kreatur seiner Axt ausweichen konnte. Gemeinsam fielen die beiden zu Boden, wobei der riesige Nordländer sich sofort abrollte, während der Zarask sich wieder auf die Beine kämpfte. Inzwischen hatte der Rest des Teams aufgeholt und feuerte auf das am Boden liegende Monster mit Wurfmessern und verzauberten Metallstacheln, während Tula das erste Monster mit ihrer Bogenspitze abwehrte.

Daniel bewegte sich schnell nach vorne, nahm seinen Platz in der Reihe ein und wartete, bis Tula weit genug zurückfiel. Er wartete, bis Tula weit genug zurückgewichen war, und stieß mit seiner Bewegung sanft gegen ihren Rücken, um sie wissen zu lassen, dass er da war, bevor die beiden schnell die Plätze tauschten und Daniel den nächsten Schlag des Zarask mit seinem Schild abfing. Gemeinsam arbeiteten die beiden daran, das wütende Monster zu bändigen, dessen anfänglicher Enthusiasmus nachließ, als Daniels neuer Ohrring nach jedem erfolgreichen Block seinen Tribut forderte.

Hinter seinem Helm ertappte sich Daniel dabei, wie er grinste. Auch wenn die Wirkung durch seinen Schild deutlich gedämpfter war, zischten die Klauen der Kreatur durch den Kontakt mit seiner Aura. Er konnte bereits erkennen, dass der Zarask Angst vor seinem Schild bekam und zurückwich, als Daniel vorwärtsdrängte. Ein zeitlich gut kalkulierter Pfeil traf den Zarask in die Schulter und erschuf eine Lücke, die Daniel aggressiv nutzte. Er trat vor, die Schulter hinter seinen Schild geklemmt, und stieß ihn nach vorne, wobei er beobachtete, wie der Zarask zurückwich. Als es seinen Körper zu ihm drehte, löste Daniel seinen **Doppelschlag** aus, und zermalmte Brust und Arm in kurzer Zeit.

Als Daniel und Tula ihren Gegner erledigt hatten, blickten sie auf und sahen, wie Omraks neu verzaubertes Schwert dem anderen Zarask den Kopf abschlug.

„Was war das?", fragte Daniel. Niemand bewegte sich, ihr Gehörsinn war wie blockiert, und er stöhnte vor sich hin, stapfte hinüber und winkte Omrak zu, um seine Aufmerksamkeit zu erregen. Er zeigte auf das Schwert, der blonde Nordländer grinste und hielt es Daniel vor die Nase.

Das übergroße Schwert war gereinigt und poliert; die Kanten waren in der Zeit, in der sie weg waren, gesäubert worden. Aber noch interessanter war, dass auf beiden Seiten des Schwertes eine Reihe von Runen eingraviert war. Daniel streckte seine Hand in Richtung der Kante aus und spürte, wie der Wind über die Kante des Schwertes strich und sich kräuselte. Er neigte den Kopf in Richtung seines Freundes und murmelte das Wort „Wind".

Omraks zufriedenes Nicken reichte aus, um Daniels Vermutung zu bestätigen. Es schien, dass Omrak sein Schwert mit einer Wind- oder Luftrune verzaubern ließ, was der Klinge eine neue, schärfere Schneide verlieh. Den Anzeichen nach schien die neue Verzauberung sehr effektiv zu sein.

Tula tippte den anderen auf die Schulter, um ihre Aufmerksamkeit zu erregen, und deutete dann den Korridor hinunter. Daniel errötete leicht und nickte zustimmend, während er seine

Neugierde beiseiteschob. Später. Er würde sich die neue Waffe später ansehen.

***

Vier Stunden später starrte die Gruppe auf eine potenziell zufällige Begegnung. In einer großen Halle mit mehreren Eingängen, flankiert von imposanten Statuen von vier Meter großen Zarask, stand vor ihnen eine einzige große Truhe. Die Ebenentruhe, die den überdurchschnittlich großen Manastein enthielt. Neben der Ebenentruhe befanden sich natürlich auch der Ebenen-Champion und seine vier Gefährten, die durch die Hallen streiften und sich an den weggeworfenen Resten eines Abenteurer-Rucksacks labten. Der ehemalige Besitzer war nicht zu sehen.

Zarask-Champion (Level 18)
HP: 270/270

Während die Gruppe auf ihre letzte Begegnung zurückblickte, gab Daniel dem Team das Zeichen zum Rückzug. Leise zogen sie sich von den Monstern zurück, bis sie in sicherer Entfernung und außerhalb deren Hörweite waren. Zusammengekauert riskierte Daniel, den Ohrstöpsel aus einem Ohr zu ziehen, und gab dem Team ein Zeichen, es ihm gleichzutun.

„Wollen wir das tun?", fragte Daniel und sah die Gruppe an. Die letzten vier Stunden waren gut verlaufen. Mit der neuen Ausrüstung und der neuen Taktik hatte das Team dieses Mal eine anständige Leistung mit wenigen Verletzungen erzielt. Daniel hatte sein Mana bisher kaum verbrauchen müssen, sodass er fast vollständig gefüllt und bereit zum Heilen war. Trotzdem war ein Champion immer viel stärker. Schon allein die Größe von drei Metern machte deutlich, dass dies kein einfacher Kampf werden würde.

„Du willst einen Champion und einen Ebenenstein zurücklassen?", sagte Rob ungläubig.

„Das ist also ein Ja von Rob", sagte Daniel.

„Nein", sagte Tula.

„Ich würde meine Familie nicht beschämen, indem ich einen so ehrenvollen Kampf ablehne", grummelte Omrak.

Asin zögerte einen Moment, dann schaute sie in die Runde. Ihr Blick fiel besonders auf Tula, die sich weigerte, ihr Votum zu erklären. In einer ihrer Hände kreiste ein Wurfmesser von Finger zu Finger, und drehte sich in nervöser Gewohnheit um ihre Hand.

„Daniel?", jaulte Asin.

„Ein Champion. Vier Zarask", dachte Daniel laut. „Ich denke, mit dem Champion werde ich allein fertig. Zumindest eine Zeit lang. Dann bleiben noch die anderen vier. Asin und Omrak können wahrscheinlich mit je einem der Zarask fertig werden und sie zu Fall bringen. Aber dann bleiben noch die anderen beiden."

„Ich kann einen weiteren aufhalten", sagte Rob. „Ich habe eine Reihe von Eis- und Wasserfallen aufgestellt und aufgeladen. Sie werden mein Ziel verlangsamen, besonders wenn ich mich nur auf es konzentriere."

„Tula?" Daniel wandte sich der Rangerin zu.

„Nein", sagte Tula und schüttelte den Kopf. „Keine guten Aussichten."

„Bah", sagte Rob und verschränkte die Arme. Als Daniel seinen Mund öffnete, um seine Stimme abzugeben, fügte Rob hinzu. „Wenn ich meine Verzauberungen aufteile, kann ich beide verlangsamen. Aber für eine viel kürzere Zeit. Asin oder Omrak müssen ihr Ziel schneller erreichen."

„Meine", sagte Asin. Dann zeigte sie auf Tula. „Hilfe."

„Zusammen?", murmelte Daniel und überlegte. Omrak war auch schnell mit seiner neuen Waffe, was der Grund für die Aufteilung war. Omrak konnte zwar mit dem Champion fertig werden, aber es war besser, wenn er gegen die anderen vier kämpfte und möglicherweise diejenigen angriff, die Robs Fallen entkommen. Wenn er seine Waffe in den Kampf einbrachte, würde er auch die Schergen schneller erledigen können.

„Drei."

„Hm?", sagte Daniel und sah Asin verwirrt an.

„Die Catkin meint, dass es jetzt drei Stimmen dafür gibt. Deine Stimme ist unwichtig", sagte Rob.

Daniel runzelte bei den Worten des Zauberers die Stirn und drehte sich zu Tula um, um ihr Gesicht nach ihren Gefühlen zu dieser

Sache zu entschlüsseln. Die Rangerin zuckte nur mit den Schultern und rückte die Lagen ihres Umhangs zurecht.

„Ich denke, wir gehen rein", sagte Daniel. Nachdem er sich vergewissert hatte, dass jeder seine Rolle kannte, forderte der Heiler alle auf, ihre Ohrstöpsel wieder einzusetzen. Mit festem Griff um seinen Hammer winkte Daniel alle nach vorne.

***

Als die Gruppe wieder in die Halle eintrat und tiefer ging, teilte sie ihre übliche Linienformation in eine breitere Formation. Hinter ihnen wurden eine Reihe von einfachen Stolperdrahtfallen und Fackeln aufgestellt, um sie vor Verstärkung von hinten zu warnen. In diesem Kampf waren sie schließlich alle gefragt.

Der Zarask bemerkte die Gruppe, als sie sich aufteilten, und stieß ein Knurren und Jaulen aus, das von den Abenteurern nicht gehört werden konnte. Der Champion stand auf, die Hände fielen auf seine Brust, und sein Maul öffnete sich zu einem Schrei. Ein Pfeil flog nach vorne und wurde von einem seiner Lakaien abgewehrt, der den Pfeil aus der Luft schlug. Zu allem Übel wurde sein Arm von dem klebrigen Gemisch verschmiert und seine Finger klebten zusammen.

Ununterbrochen heulte der Champion, bald darauf gesellte sich auch der andere Zarask zu dem Lärm. Der kombinierte Schallangriff ließ die Abenteurer taumeln, durchdrang ihren Gehörschutz, ließ ihre Knochen erzittern und ihre Organe schmerzen. Daniel hustete und spürte, wie sich sein Mund mit Blut füllte, während er sich auf die Zunge biss, um sein Gleichgewicht wiederzufinden und die Wirkung abzuschütteln.

Als er sich umsah, bemerkte er, dass seine Freunde unter dem Angriff taumelten. Daniel fasste einen Entschluss und begann schnell, das Zeichen des Heilers anzuwenden. Er klopfte Rob auf die Schulter, legte den Heilzauber auf den Zauberer und half dem Selkie, sich aufrecht zu halten, als sich die Lautstärke verflüchtigte.

Omrak stürmte wütend nach vorne und durchbrach die Linie ihrer vorsichtigen Gruppe. Hinter ihm flüchtete Asin, während Tula die

Gruppe weiter flankierte, ihr Bogen sang, als weitere Pfeile nach vorne flogen. Diesmal zielte sie auf die Schergen und schaffte es, zwei Mäuler zu treffen, bevor Omrak mit der Gruppe zusammenstieß. Mit dem windverzauberten Schwert in der Hand führte der Nordländer große, geschwungene Schläge aus, um seine Angreifer abzuwehren.

Der Champion, der vorhin zum Schutz hinter seine Schergen gedrängt wurde, stapfte um die Gruppe herum. Während Rob geheilt wurde, rannte Daniel los, um den Champion abzulenken, bevor er sich dem Kampf gegen Omrak und der inzwischen eingetroffenen Catkin anschloss.

Als der Champion es endlich schaffte, sich einen Weg um die Gruppe herum zu bahnen, kam auch Daniel an und warf sich mit einem improvisierten Schulterangriff und **Schildschlag** ins Getümmel. Er löste das Skill aus, während er durch die Luft flog, sein Arm schoss nach vorne, um den Champion zu treffen und das Monster zu erschüttern. Nachdem er die Aufmerksamkeit des Monsters auf sich gezogen hatte, wurde Daniel getroffen und taumelte zur Seite, als er wieder am Boden ankam.

Winzige Kugeln rollten über den Boden und setzten Wasserströme frei. Diese Ströme griffen zu und formten sich zu Ranken, die sich an den Beinen festhielten. Die Zarask hielten inne, als sie die beiden Kämpfer in ihrer Umzingelung umschwärmten, und ließen für einen kurzen Moment von ihrem Angriff ab, während sie versuchten, sich zu befreien. Einige Sekunden später landeten noch mehr verzauberte Waffen, die zerbrachen und eine Wolke aus gefrierendem, mit Mana beladenem Gas freisetzten. Bei Kontakt mit dem Wasser gefroren die zuvor leicht zu zerbrechenden Ranken des Wassers und hafteten an der Haut. Für einen kurzen Moment waren die Zarask gefangen, unfähig, sich zu bewegen, und Tula nutzte dies voll aus. Ein **Pfeilsturm** landete inmitten der Gruppe, jeder Pfeil eine verstärkte Version, gefüllt mit einem kraftraubenden Gift. Als die Zarask sich befreiten, befiedert und verletzt, rissen sie die Haut auf und hinterließen klaffende Wunden aus erfrorenem Fleisch.

In der Zwischenzeit fand Daniel seinen Halt und schlug mit **Perrins Schlag** auf den Champion ein. Der kraftvolle Schlag, der auf die untere, Rippe abzielte, die Daniel als Schwachstelle des Champions erkannte, warf das Monster aus dem Hauptgetümmel heraus. Nachdem er die volle Aufmerksamkeit des Champions auf sich gezogen hatte, kauerte Daniel unter seinem hölzernen Schild und seiner Plattenrüstung und konzentrierte sich darauf, die erderschütternden Schläge mit seinem Schild und seiner Waffe in einem Winkel abzuwehren. Selbst dann merkte Daniel schnell, dass seine Arme unter den wiederholten Angriffen taub wurden. Wenn er gekonnt hätte, hätte er um Hilfe gerufen, aber niemand konnte ihn hören.

Die Zeit verlangsamte sich, jeder Klauenschlag war eine weitere gesparte Sekunde, ein weiterer Moment, den seine Freunde nutzen konnten, um ihren Kampf zu gewinnen. Sein Skill **Schwachstellen finden** informierte Daniel immer wieder über mögliche Angriffspunkte gegen den Champion, aber Daniel konnte es sich nicht leisten, ein Risiko einzugehen. Bei der brutalen Abwägung von Ausdauer und

Geschwindigkeit, die Daniel vornehmen musste, wurden selbst potenzielle Chancen verworfen, da er sich weigerte, einen zufälligen Schlag gegen verschwendete Kraft einzutauschen.

Ein weiterer Schlag, diesmal etwas zu langsam, ließ seinen Hammer aus der Hand gleiten. Die Schlinge um sein Handgelenk riss seinen ganzen Arm aus seiner Position, ein Fehler, der seine Brust für einen brutalen Tritt öffnete. Daniel wurde nach hinten geschleudert, der Fuß des Champions rauchte noch. Daniel landete auf seinem Gesäß und kämpfte darum, aufzustehen, während der Champion den Kopf zurückwarf und aufheulte.

Erneut spürte Daniel, wie der Schallangriff in seinen Knochen vibrierte. Jetzt war der Angriff noch brutaler und kam näher. Doch statt eines allgemeinen Flächenangriffs blickte der Champion zu Daniel, ballte seine Hände und konzentrierte den heulenden Angriff. Er traf Daniel direkt und versetzte dem Heiler einen heftigen Schmerz.

So plötzlich wie der Schrei begann, verstummte er auch wieder. Bleich und mit rot gefärbter Sicht sah Daniel ein Wurfmesser in der

Kehle des Monsters stecken. Als der Champion rückwärts taumelte und versuchte, das funkensprühende Messer aus seinem Maul zu ziehen, kam ein Pfeil hinzu. Dann noch einer.

Ein quälender Husten zwang Daniel, auf die Seite zu rollen und Blut aus seinem Mund zu spucken, als er versuchte, sich zu räuspern. Er krampfte an seinem Helmverschluss und befreite schließlich sein Gesicht, während er die dringend benötigte Luft hinunterschluckte und für einen Moment den Kampf um sich herum vergaß. Als er wieder zu Atem kam, griff Daniel nach seinem Mana und wirkte zuerst eine einfache **Kleine Heilung II** auf sich selbst, bevor er ein **Zeichen des Heilers** auflegte. Als er wieder auf die Beine kam, wandte er sich erneut dem Kampf zu, nur um zu sehen, dass er bereits fertig war.

Um ihn herum waren nur noch die Manasteine des erschlagenen Zarask und der gefallene Körper des Champions zu sehen. Über dem Leichnam stand ein nicht mehr leuchtender Omrak, sein Schwert direkt in die Brust des Monsters gestoßen, wo sein Herz sein sollte.

„Oh. Ich schätze, ich hätte noch warten können", sagte Daniel.

Er runzelte die Stirn, berührte sein Ohr und stellte fest, dass er nicht einmal sich selbst hören konnte. Seufzend ließ er sich auf den kalten Boden sinken und legte sich einfach hin, um die kühle Behaglichkeit zu genießen. Später würde er alle anderen heilen. Aber im Moment war er der am meisten Verletzte der Gruppe, und auf Anweisung eines Heilers sollte er sich ein wenig hinlegen.

Kapitel 5

Das Aufräumen nach dem Dungeon-Durchgang war einfach genug. Als Daniel sich und den Rest des Teams geheilt hatte, wollte niemand mehr weitermachen, und so hatten sie vorsichtig den Weg in die nächste Ebene erkundet und gefunden. Über die Treppe brachten sie sich dann zum Ausgang. Tula war dankbar genug, dass sowohl Asin als auch Rob bereit waren, sich um das Eintauschen ihrer Loots zu kümmern. Einen Dungeon zu beenden war immer anstrengender als eine Tagesreise durch die Außenwelt. Tula glaubte, dass es daran lag, dass man in einem Dungeon wusste, dass man irgendwann gegen Monster kämpfen würde. In den Außenlanden konnte man tagelang ohne eine gewalttätige Begegnung auskommen.

Tula seufzte und schüttelte den Kopf. Ob es nun anstrengend war oder nicht, sie würde Silverstone und dessen Dungeons bald verlassen. Die Expedition in den Westen von Brad war kein Neuland, aber jede Expedition, die in die Nähe des wilden Landes kam, wie die Expedition es plante, brauchte einen Ranger. Auch wenn sie nicht gehen wollte, waren ihre Befehle von den Western Ivys eindeutig.

Und in der Tat würde es guttun, aus der Stadt herauszukommen und ihre Familie zu sehen. Nur weil sie gerne redete, hieß das nicht, dass sie Menschenmassen mochte. Und die Stadt war nun einmal voller Menschen. Sie alle redeten zu laut, drängten sich zu dicht aneinander und weigerten sich, regelmäßig zu baden.

Tula fuhr sich noch einmal mit der Hand durchs Haar, nahm die kleine Bürste, die sie geschenkt bekommen hatte, und bürstete ihr kurzes Haar noch einmal. Heiße Bäder waren ein Luxus, den sie vermissen würde. Als sie ihr vernarbtes Antlitz im Spiegel betrachtete, zuckten ihre Lippen leicht zusammen. Bäder und ihre dummen Gruppenmitglieder. Dennoch war die gemeinsame Zeit mit ihnen hilfreich gewesen. Nach all den Abenteuern, die sie unternommen hatten, war sie nun zu zwei Dritteln auf Level 16 angelangt.

„Ich sollte mich beeilen", sagte Tula und schüttelte den Kopf. „Wenn ich es nicht tue, wird Asin Erin dazu bringen, uns zu stark gewürztes Fleisch zu geben."

Tula legte ihre Bürste weg und sah sich in ihrem Zimmer um. Das Bett war gemacht, und ihre Sachen waren alle in ihrer Tasche verstaut. Sie könnte jetzt gehen und nie mehr zurückkommen, ohne etwas zu vermissen. Als Tula nach ihrem Bogen griff und ihn aufhob, nickte sie. Gut.

Ein kurzer Weg führte Tula von ihrem Gasthaus zu Erin, wo sich die Gruppe treffen wollte. Das Essen war gut und reichlich, und Erin war dafür bekannt, Ärger fernzuhalten. Das machte das Gasthaus bei den Abenteurern sehr beliebt, besonders nach einem Tag voller Erkundungen.

„Hier drüben!", brüllte Omrak, als er Tula entdeckte, die direkt vor der Tür stand und das Gasthaus nach ihnen absuchte. Sie trabte hinüber, während Omrak einen anderen Tisch um einen Hocker erleichterte und ihn mit einem dumpfen Schlag fallen ließ. „Das hat aber lange gedauert, Freundin Tula. Alle anderen sind schon da!"

„Ich wollte ein Bad nehmen", sagte Tula und schnupperte in Omraks Richtung. „Du hast offensichtlich eine andere Wahl getroffen."

„Ich habe vor zwei Tagen gebadet", sagte Omrak. „Und gestern Abend habe ich mich mit Öl abgewischt."

„Das hilft in deinem Fall nicht weiter", sagte Daniel.

Neben Daniel und gegenüber von Omrak beugte sich Asin vor, um Rob einen Stoß in die Seite zu geben. Als er aufheulte und sich aufsetzte, warf sie ihm ein breites Grinsen zu und stupste ihn erneut an.

„Was? Sprich, du verfluchte Raubkatze!", fauchte Rob.

„Tauschen." Pieks.

„Was tauschen?", sagte Rob.

„Tula."

„Schön", sagte Rob und schlug ihren krallenbewehrten Finger weg. Unfreundliche Worte über scharfe Nägel murmelnd, tauschte Rob den Platz mit Tula.

„Danke", sagte Tula zu Asin, als sie Platz nahm. „Habt ihr alle schon bestellt?"

„Nur die ersten paar Teller", sagte Daniel. „Aber es kommen noch ein paar weniger würzige Fleischsorten."

„Gut", sagte Tula. Sie schnappte sich einen Gemüsespieß und biss in das gekochte Zwiebel-Paprika-Gericht.

„Teilen." Ein kleiner Beutel fiel neben Tula, die mit dem Spieß, ihrem Beutel und dem Inhalt des kleineren Beutels jonglierte, bevor sie alles wegschob.

„Zählst du es nicht?", fragte Rob und zog missbilligend die Brauen zusammen.

„Ich vertraue euch."

„Vertrauen ist gut. Aber man sollte es trotzdem überprüfen", sagte Rob.

„Meine Entscheidung", sagte Tula. „Wie wir es besprochen haben."

„Ich würde mich besser fühlen, wenn du es überprüfen würdest. Wie ich bereits gesagt habe."

„Hartnäckig", sagte Tula und streckte ihre Zunge heraus, bevor sie einen weiteren Bissen von ihrem Spieß nahm. Dann schnappte sie sich drei weitere Spieße, als eine von Erins Kellnerinnen einen neuen Teller mit aufgespießtem Fleisch auf den Tisch stellte. Dieser hatte nicht das verräterische rote Glühen der anderen Spieße.

Die Gruppe trank und aß, und ihre Gespräche drehten sich um die Kämpfe des vergangenen Tages. Es war eine altbewährte Tradition, die Angst und den Schrecken, den sie alle erlebt hatten, zu besprechen. Ein Erfahrungsaustausch, der ihrem Geist und ihrer Seele half, mit dem Geschehenen fertig zu werden. Es war ein gutes Ritual, eines, von dem Tula wusste, dass es auch von den Rangern durchgeführt wurde. Wenn man bedenkt, wie wortkarg so viele ihrer Mitglieder waren, sagte das viel über die Wirksamkeit der Gespräche aus. Am Ende beendete die Gruppe die Nachbesprechung, ihre Gedanken und Gefühle waren so ruhig wie das Essen in ihren Mägen.

„Was habt ihr morgen vor?", fragte Tula neugierig. Morgen würde sie abreisen. Trotzdem war sie neugierig, was das Team plante. Zurück nach Artos? Oder würden sie Aramis erneut aufsuchen, um sich mit ihm vertraut zu machen?

„Morgen?" Omrak sah verwirrt aus, als er sprach. „Wir kommen mit dir mit, nicht wahr?"

„Was? Nein. Das ist meine Expedition", sagte Tula und runzelte die Stirn. Omrak mochte manchmal ein wenig naiv sein, aber er war nicht dumm. Allerdings hatte er die Tendenz, nicht zuzuhören, wenn sie sprachen.

„Ja", sagte Asin.

„Das ist richtig." Sowohl Omrak als auch Tula stimmten Asins Worten zu. Als Tula sah, wie Asin über die Verwirrung grinste, die sie auslöste, als beide Abenteurer erkannten, dass ihre zweideutige Antwort auf sie beide zutraf, griff Tula hinüber und gab der verspielten Catkin einen freundschaftlichen Klaps.

„Das ist nicht hilfreich."

„Ja."

„Genug, Asin. Hör auf, sie zu ärgern", sagte Daniel. „Omrak hat recht. Wir kommen mit dir."

„Was!", jaulte Tula auf.

„Gut, wir haben im Team abgestimmt und beschlossen, dass wir genug von Dungeons haben. Und eine Expedition, die von einer echten Rangerin geleitet wird, klang nach einem tollen Erlebnis", sagte Daniel. „Also haben wir uns der Expedition angeschlossen."

„Das könnt ihr nicht machen!", sagte Tula.

„Ist Freundin Tula böse auf uns?" Omrak beugte sich vor und flüsterte in seiner gewohnt lauten Art zu Rob. „Wollten wir uns nicht Freundin Tula anschließen?"

„Ich glaube, sie ist nur ein bisschen überrascht", sagte Rob. „Stimmt's, Tula?"

„Entschuldigung. Entschuldigung. Du hast ja recht. Ich sage ja nicht, dass ihr nicht kommen dürft. Ich habe nur nicht erwartet, dass ihr kommt. Versteht ihr, was ich meine? Das war nicht der Plan."

„Aber du bist doch froh, dass wir kommen, nicht wahr?", sagte Daniel und lehnte sich von Asin gegenüber vor.

Tula verstummte, als sie Daniels intensivem Blick begegnete. Sie hielt inne und musste überlegen, was sie von der Ankündigung hielt. Wollte sie, dass ihr Team – ihr ehemaliges oder zuvor ehemaliges Team – mitkam? Nach kurzem Überlegen wurde Tula klar, dass sie froh war, sie zu haben. Ein Team, das sie kannte, dem sie vertraute, das sie unterstützte? Das war etwas, wonach sich die meisten Ranger sehnten. Zu oft endeten sie als Fremdenführer, was zu Konflikten und erhöhter Gefahr führte. Es war nur so, dass die Expedition nach Hause führen würde. Dass ihre Freunde das sahen, dass …

„Nein. Es ist in Ordnung", sagte Tula und schenkte Daniel ein halbes Lächeln. Es würde in Ordnung sein. Sie waren schließlich ihre Freunde.

„Gut. Denn einen Rückzieher können wir jetzt sowieso nicht mehr machen", sagte Rob. „Der Schaden für unser Ansehen wäre enorm."

Tula schnaubte, während Asin nur ein kleines Lachen von sich gab.

„Gut, jetzt, wo du unser Geheimnis kennst. Lass uns über die Ausrüstung sprechen", sagte Daniel ernst. „Das ist, was wir gekauft haben. Wenn wir noch etwas brauchen, haben wir morgen früh ein paar Stunden Zeit, es zu besorgen. Aber ich denke, wir haben alles."

Tula beugte sich vor, um zuzuhören, und neigte den Kopf zur Seite, als der Heiler begann, die Vorbereitungen aufzulisten, während sie gleichzeitig die sich windende Masse an Bedenken in ihrem Magen unterdrückte. Es würde schon gut gehen.

***

„Erinnert einen irgendwie an unsere erste Wachenanfrage, nicht wahr?", sagte Daniel am nächsten Morgen zu Asin. Das Abenteurerteam hatte sich auf einem kleinen Platz an der Hauptstraße versammelt und beobachtete, wie sich die Expedition zusammenfand. Mehrere Kutschen wurden an die Seite gezogen, wo der Sekretär des Karawanenmeisters den Zustand der Kutschen und Lasttiere überprüfte und sich vergewisserte, dass sie alle den Anforderungen der Expedition entsprachen. Gleichzeitig befragte der Karawanenmeister die Kutscher – Viehtreiber und Wagenmeister, die gezwungen wurden, Angaben zu ihren Skills zu machen. In den meisten Fällen wäre das nicht wichtig, aber ein guter Karawanenmeister würde trotzdem sicherstellen, dass er das ganze Ausmaß der Skills seiner Leute kennt.

„Teamleiter", sagte Asin und ruckte mit dem Kopf zu der Stelle, an der ein Abenteurerteam hereinkam.

Daniel drehte sich um und starrte auf die Gruppe, das einzige andere Abenteurerteam auf dieser Expedition. Während Daniel die Gruppe nach vorne laufen sah, überprüfte er, was er über das Team wusste. Es handelte sich um ein fortgeschrittenes Abenteurerteam der gelben Stufe, das seinem eigenen Team an Dienstalter überlegen war, und dessen Anführer das Kommando gehörte. Das Team selbst war eines der vielen gesponserten Teams der Seven Stones, und Daniel konnte nicht umhin, ihre Ausrüstung zu bewundern. Alle sieben Mitglieder des Abenteurerteams trugen einen hellen, dunkelgrauen Mantel, dessen Innenfutter die maßgeschneiderten Zauberrunen enthielt, die ihre Träger warm, trocken und kühl hielten. Die „Abenteurerumhänge" waren sehr begehrt und kosteten mindestens dreißig Goldstücke.

„Daniel Chai? Von DAO?", fragte der Gruppenleiter, als er sich näherte. Der hochgewachsene blonde Mann trug den grauen Mantel mit lässiger Leichtigkeit über seiner glänzenden Plattenrüstung. Zu Daniels Überraschung gab der Mann kein Geräusch von sich, wenn er sich bewegte, und der Stahlpanzer schien ihn auch nicht zu belasten. Daniel hingegen trug nur seinen eisernen Brustpanzer und verzichtete aus Bequemlichkeit auf den Großteil seiner Rüstung.

„Das bin ich", sagte Daniel. „Du bist Craig Morris von den Seven Stones."

„Das bin ich. Du hast deine Hausaufgaben gemacht", sagte Craig. „Das sind Vivian, Bjarne, Uppulu, Hjalmar, Elisa und Sumuhan."

Daniels Blick schweifte über die Gruppe, die jedes Mal nickte, wenn Craig sprach. Eines der ersten Dinge, die Daniel auffielen, war die Art und Weise, wie sich einige Mitglieder der Gruppe bewegten, wobei sie alte – oder vielleicht frische – Verletzungen vorzogen. Eingewickelte Verbände, ein hinkender Schritt. Das sprach den Heiler in Daniel an, aber er machte kein Angebot, ihre Schmerzen zu lindern. Er hatte keine Lust, sich wieder von geizigen Abenteurern anpöbeln zu lassen.

Vivian war in hellem, unbehandeltem grünen Leder gekleidet, an dem noch die Schuppen des Monsters, von dem es stammte, waren. Soweit er sich erinnerte, war sie keine Magierin, sondern eine Hexenmeisterin. Sie wurde nicht in der Kanalisierung von Magie durch eine offizielle Schule ausgebildet, ihre Zaubersprüche stammten alle aus ihren Skills. Das bedeutete, dass sie viel weniger vielseitig war als ein echter

Magier, aber sie hatte den Vorteil, dass sie schneller zaubern konnte, da sie nur ihre Skills aufrufen musste. In gewisser Weise ähnelte es Daniels eigener Anwendung der Kleinen Heilung. Gut, bevor er sie durch Lernen weiterentwickelt hatte.

Bjarne war größer und mit einem Kettenhemd bekleidet, das ansonsten mit Leder und Stoff gepolstert war. Daniel bemerkte, dass die Stoffpolsterung, die er unter dem hellen Leder an seinen Armen trug, leicht glühte, wobei goldene Nähte durch den Stoff darauf hindeuteten, dass er wahrscheinlich verzaubert war. Bjarne trug ein Kurzschwert an seiner Hüfte, aber hinter seinem Schild trug er eine Hellebarde.

Uppulu war ähnlich bewaffnet und gepanzert wie Bjarne, nur dass der dunkelhäutige Krieger statt einer Hellebarde einen Speer mit Blattspitzen trug. Ansonsten schienen die beiden eine leichtere Rüstung und einen größeren Schild zu bevorzugen als Craig. Auffällig für Daniel war Uppulus Schuhwerk, das aus Schnürsandalen mit winzigen Flügeln am Ende bestand.

Hjalmar war anders als seine Vorgänger, er war dünner, schmaler und insgesamt kleiner. Der Bogenschütze war in eine leichte Lederrüstung gekleidet und trug einen einfachen Recurvebogen, den er ungespannt in einer Hand hielt. Selbst im Stand knackte Hjalmar immer wieder mit dem Nacken, zuckte mit den Schultern und streckte sich auch sonst.

Elisa war die andere Fernkämpferin des Seven-Stones-Teams, und die junge Frau führte ebenfalls einen Recurvebogen. Daniel konnte erkennen, dass ihre Waffe verzaubert war, die Vergoldung an der Bogenkante war ein deutliches Anzeichen dafür. Als Daniel zu ihr hinübersah, schenkte sie dem jungen Heiler ein strahlendes Lächeln, was Uppulu die Stirn runzeln ließ.

Sumuhan war der letzte des Teams, der vorgestellt wurde, und er war auch der einzige Beastkin. Sumuhan war ein seltenerer Beastkin, eine Ziegen-Variante, im Gegensatz zu den meisten Raubtier-Beastkin. Sumuhans Schnauze war länger als die von Asin, und er hatte einen langen, weißen, wuscheligen Bart, der ihm aus dem Gesicht fiel, sowie gut polierte Hörner auf seinem Kopf. Der Goatkin überragte die Gruppe mit einer Größe von etwa zwei Meter und trug drei Wurfspeere auf seinem Rücken. Als Hauptwaffe trug der Goatkin einen einfachen Hammer.

„Dein Team sieht sehr kompetent aus", sagte Daniel, nachdem er seinen Blick ein letztes Mal über die Gruppe hatte schweifen lassen.

„Genau wie deines", sagte Craig und nickte Daniel über die Schulter zu. Daniel drehte sich um und lächelte leicht, als er sah, dass sein Team endlich eintrat, allen voran Omrak. In kurzer Zeit stellten sich die Gruppen einander vor.

„Als leitendes Team werden wir die Verantwortung übernehmen und die Rollen verteilen", sagte Craig. „Ist das ein Problem?"

„Überhaupt nicht", sagte Daniel.

„Es sei denn, ich sage etwas anderes", sagte Tula. Die Rangerin trat vor, um sich an dem Gespräch zu beteiligen. „Wenn es darum geht, neue Wege zu erforschen, die Zeit zu stoppen und sich mit neuen Monstern auseinanderzusetzen, habe ich die letzte Autorität."

„Wir befinden uns auf einer kartierten Straße", sagte Hjalmar und verschränkte die Arme. „Dein Ranger-Müll wird nicht gebraucht."

„Ob es sich um eine kartierte Straße handelt oder nicht, es ist immer noch das Außenland", sagte Tula. „Wenn es nicht so wäre, wäre ich nicht verpflichtet, euch zu begleiten. Gemäß der Gildenvereinbarung 1.9.3 über Expeditionen hat die Autorität eines Rangers bei allen Expeditionen Vorrang."

„Da haben wir es wieder. Die Rangerin wirft mit ihrem Status um sich", sagte Hjalmar und rollte mit den Augen. „Nur weil sie eine *bessere* Klasse haben. Ich wette, sie hat noch nicht einmal Level 20 und denkt, sie kann uns herumkommandieren."

„Hjalmar …", sagte Craig.

„Nein. Das ist die Art von bürokratischem Müll, die Abenteurer umbringt", sagte Hjalmar.

„Es sind Abenteurer wie du, die sich weigern, die Befehle der Ranger zu befolgen, die dafür sorgen, dass Menschen auf Expeditionen getötet werden", sagte Tula und trat einen Schritt vor, während sie den Mann anstarrte.

„Können wir darüber reden?", sagte Daniel und versuchte, die Situation zu schlichten.

„Mach dir keine Sorgen, Abenteurer Chai. Es wird hier keine Probleme geben", sagte der Karawanenmeister, als er das sich anbahnende Problem bemerkte und herüberkam. „Teamleiter Craig. Kümmere dich um deinen Mann. Die Regeln der Gilde sind eindeutig, ebenso wie die Regeln meiner Expedition. Die Rangerin hat das Kommando, wenn eine eindeutige und offensichtliche Bedrohung durch Monster im Außenland besteht. Haben wir uns verstanden?"

Craig errötete und nickte. Als Hjalmar wieder zu sprechen versuchte, ging Craig so weit, seinen Freund anzufauchen.

„Gut. Rangerin Tula, danke, dass du dich der Expedition angeschlossen hast", sagte der Karawanenmeister.

„Mit Vergnügen", sagte Tula.

„Wenn ihr bereit seid, wird die Karawane jetzt aufbrechen."

„Fahrt los. Auf den ersten fünfzehn Kilometern gibt es wenig zu bedenken", sagte

Tula mit teilnahmsloser Miene. „Ich werde euch trotzdem den Weg weisen."

„Natürlich." Noch einmal nickte der Karawanenmeister Tula zu, bevor er ging, bald gefolgt von Craig, der die Gruppe verteilte. Der mürrische Hjalmar blieb allein zurück, um hinten Wache zu halten.

Als die Karawane aus der Stadt herausrollte, beugte sich Rob, der Daniel zur Seite gestellt worden war, vor und flüsterte: „Das war ein verheißungsvoller Start."

Daniel konnte daraufhin nur schief lächeln.

Kapitel 6

Eine sanfte Brise wehte, stieß gegen Asins Schnurrhaare und zerzauste ihr Fell. Sie trabte neben der Kutsche her, froh, aus der Stadt zu sein. Auch wenn die Catkin in der Stadt aufgewachsen war, bedeuteten ihre erweiterten Sinne, dass sie den Gestank des Stadtlebens immer ein wenig zu intensiv empfand. Nicht, dass es in der freien Natur keine unangenehmen Gerüche gäbe, aber sie waren oft weniger konzentriert. Als Asin tief einatmete, nahm sie die Gerüche von Straßenstaub, Kies und Pferdeäpfeln wahr, die sich mit dem Gras, den Blättern und der verrottenden Vegetation der angrenzenden Wiesen vermischten. Der Wind brachte einen leichten Geruch von Pilzen und verrottetem Holz mit sich, aber es war der Geruch von frischem Kaninchen, der ihr das Wasser im Mund zusammenlaufen ließ. Zu schade, dass es sich im Wald befand, wo es vom Karawanenzug nicht gesehen werden konnte. Und neben ihr war der Geruch von Ziege und Mensch, denn der Beastkin hatte einen ganz anderen Geruch als echte Tiere.

„Ich bin überrascht, deine Gruppe hier zu sehen", sagte Sumuhan und brach das

Schweigen, während er sich an einem bandagierten Arm kratzte. Jetzt, wo sie außerhalb der Stadt waren, war das Reden viel einfacher und leichter.

„Warum?", sagte Asin.

„Ihr habt einen Heiler. Wenn wir einen hätten, wären wir jeden Tag im Dungeon", sagte Sumuhan. Die Stimme des Ziegenbocks war rauer und höher als die eines normalen Menschen und neigte dazu, beim Sprechen zu schwanken, ähnlich wie bei einem echten Tier.

Asin konnte nur mit den Schultern zucken, und ihr Schwanz winkte bei Sumuhans Aussage. Was Sumuhan erwähnte, ähnelte sehr ihrer normalen Vorgehensweise bei Raids. Das war der größte Unterschied zwischen ihrem Team und vielen anderen. Ein normales Abenteurerteam musste extrem vorsichtig sein, was Verletzungen anging, und war gezwungen, jedes Level mit Vorsicht zu genießen. Die meisten Gruppen betraten den Dungeon verletzt, Abenteurer bevorzugten gerissene Muskeln oder Sehnen, Schmerzen und Prellungen von früheren Kämpfen und gelegentlich gebrochene Knochen. Kleinere

Verletzungen behinderten die Abenteurer zwar, hielten sie aber nicht davon ab, weiterzumachen.

Aber eine einzige größere Verletzung – ein gebrochener Knochen, ein Stich oder ein Schnitt, der Torsos oder tiefe Wunden öffnete – konnte das Vorankommen einer Gruppe aufhalten. Schlimmer noch, wie Asin wusste, hatten Verletzungen die Tendenz, sich in einem Kampf zu verschlimmern. Ein Fehler, und ein Abenteurer würde zu Boden gehen. In einem fortgeschrittenen Dungeon bedeutete das oft, dass die zahlenmäßig unterlegenen Abenteurer gezwungen waren, noch mehr Monster allein zu bekämpfen. Das würde zu mehr Risiken und Verletzungen führen. Ein einziger Fehler und zwei bis drei Mitglieder könnten verletzt werden.

An diesem Punkt muss sich eine Abenteurergruppe entscheiden, ob sie verletzt weitermachen, wertvolle und teure Heiltränke verbrauchen oder sich zurückziehen und ausruhen. Viele Gruppen, wie die von Sumuhan, taten das Klügste und ruhten sich aus. In gewisser Weise war es besser, wenn es mehrere Verletzte gab, denn so konnte sich die gesamte Gruppe ausruhen, heilen und dann als Ganzes weitermachen. In einigen Fällen, wenn die Verletzungen halbwegs geheilt waren, nahmen die Gruppen Quests an, die ihnen Münzen einbrachten, sie aber nicht so sehr in Gefahr brachten.

Wie Expeditionen.

Die Expeditionen selbst wurden oft damit ausgezeichnet, dass sie Abenteurergruppen mit einer höheren Auszahlung als normal anlockten. Die langen, langweiligen Reisen erforderten oft, dass die Gruppen ihre Heimatbasis verließen, was die Zeit, die eine Gruppe für den Level aufwenden konnte, reduzierte. Im Gegensatz zu Wachquests, die zwischen bevölkerten Orten stattfanden, führten Expeditionen von der Bevölkerung in die Außengebiete, und zwangen die Gruppe, die ganze Zeit bei der Expedition zu bleiben. Die Länge der Reisen und die variablen Gefahren der Expeditionen bedeuteten, dass sie besser bezahlt werden mussten als für normale Quests.

Aber nur in Bezug auf normale Quests für ein „durchschnittliches" Dungeon-Team. Für Gruppen wie die von Asin, die sich heilen und etwa alle zwei Tage in den Dungeon zurückkehren konnten, waren die Verdienstmöglichkeiten viel geringer. Tatsächlich, brummte Asin vor sich hin, hatte sie selbst bei dieser Reise gezögert. All die Münzen aufzugeben … Das war ihr nicht geheuer gewesen. Zögernd oder nicht, da der Rest der Gruppe von der Idee begeistert war, als Rob sie vorschlug, hatte sie sich darauf eingelassen.

„Warum bist du dann gekommen?", sagte Sumuhan, nachdem er es aufgegeben hatte, darauf zu warten, dass sie ohne Aufforderung antwortete.

„Erfahrung", sagte Asin. „Expedition. Ranger."

„Alle Expeditionen haben Ranger."

„Nicht alle", sagte Asin. „Verfügbarkeit."

„Stimmt. Wir haben Glück …", sagte Sumuhan. „*Wir können auf Beastkin sprechen, wenn du magst.*"

„*Ja, es ist einfacher zu sprechen*", sagte Asin. Sie drehte sich nach hinten und entdeckte eine einsame, stapfende Gestalt. „*Nicht alle deine Freunde sind glücklich.*"

„*Hjalmar? Er ist nie glücklich. Nicht, seit wir Craig zum neuen Parteivorsitzenden gewählt haben*", sagte Sumuhan.

„*Warum?*"

„*Gruppenprobleme.*" Sumuhan wandte seinen Kopf von Asin ab und starrte auf das Waldstück, dem sie sich näherten, bevor er entschied, dass es dort keine Bedrohung gab. Nicht, dass so nahe an der Stadt eine Bedrohung wahrscheinlich wäre. Nicht bei dem hohen Verkehrsaufkommen auf der Straße. Der Verkehr auf der viel befahrenen Straße war so langsam, dass viele Mitglieder der Karawane zu Fuß unterwegs waren, um ihre Rücken zu schonen. Gefederte Stahlfedern hin oder her, es war nicht angenehm, längere Zeit auf den Wagen zu sitzen. „*Behandeln sie dich gut, Junges?*"

„*So alt bist du nicht*", sagte Asin. Obwohl sie zugeben musste, dass Sumuhan für einen fortgeschrittenen Abenteurer mit Ende zwanzig recht alt war. Für einen Goatkin, die selten älter als fünfzig wurden, war er schon mehr als halb da. Und das Abenteuerspiel war zum größten Teil das Spiel der jungen Männer. „*Aber sie sind gut. Viele von uns sind schon seit über einem Jahr zusammen. Tula und Rob sind neuer, aber sie behandeln mich gut.*"

„*Gut.*" Unausgesprochen blieb die Tatsache, dass sie, da sie bestialischer waren als viele ihrer Verwandten, mit noch mehr Vorurteilen zu kämpfen hatten. Es gab Gilden und Abenteurergruppen, die sich weigerten, Beastkin aufzunehmen, die so bestialisch aussahen wie sie, da die Sorge, dass ihre „animalische Natur" im Dungeon versagen könnte, immer noch weit verbreitet war. Auch wenn das nicht stimmte.

Danach wurde das übliche Gespräch zwischen Abenteurern geführt – über Waffen und Zaubersprüche, Taktiken und Monster. Das Fachsimpeln von Leuten, die regelmäßig mit Gewalt zu tun haben. Auch wenn das, anders als die Allgemeinheit es sich vorstellt, nicht so häufig vorkommt.

***

Vier Tage später gähnte Daniel, als er in der führenden Kutsche saß und die Umgebung an sich vorbeiziehen sah. Nachdem sie die Hauptstraßen, die die großen Städte Brads miteinander verbanden, verlassen hatten, war die Gruppe nach Norden und Westen ausgeschert und hatte sich auf das Außenland und das endgültige Ziel der Expedition zubewegt. Sobald sie ihr Ziel in zwei Wochen erreicht hatten, war geplant, einen Monat in den Außenbezirken zu verbringen, um dort zu jagen, zu sammeln und auf andere Weise die Früchte der Wildnis zu ernten. Im Laufe der Expedition verkaufte oder tauschte der Expeditionsleiter die zahlreichen lebensnotwendigen Gegenstände an die Jäger, Fallensteller, Außenweltler und Dorfbewohner gegen die gesammelten Waren. Im Laufe der Zeit entwickelten sich durch die kontinuierliche Einwanderung von Bürgerlichen und den zivilisatorischen Einfluss von mehr Menschen größere Dörfer und neue Städte.

Das heißt, wenn die Orks, die weiter südlich in den nordwestlichen Wäldern lebten, nicht eine Kriegspartei schickten, um mit den eindringenden Dorfbewohnern fertig zu werden. Als Binnenvolk konnte Brad nicht weiter nach Osten expandieren, da es auf das größere Reich von Kobyzcha stieß. Im Südosten grenzte die Beastkin-Nation Garhwa an das

Reich – ein Halbvasallenstaat, der in einem bevölkerungs- und abwechslungsreichen Land lebte. Im Süden hatte sich Brad so weit wie möglich ausgedehnt, bevor es an das Niemandsland der Wüste von Esenbey stieß. Die dort lebenden Nomadenstämme beanspruchten die Wüste so sehr für sich, wie es nur irgend möglich war. Die Wüstenstämme überfielen die Dörfer zwar hin und wieder, aber im Großen und Ganzen war es eine friedliche Beziehung. Und natürlich gab es im Südwesten und Westen die sich ausbreitenden Orknationen. Wenn Brad einen Grund hatte, gegen das größere Reich von Kobyzcha zu überleben, dann deshalb, weil das Reich den Schutz von Brad genoss. Das hielt das Imperium nicht davon ab, seine berühmten Festungsstädte entlang der Grenze dazwischen zu errichten.

„Warum lächelst du, junger Mann?", sagte der Fahrer, der sich als Grey vorgestellt hatte, als er sah, dass Daniel schief vor sich hinlächelte.

„Geschichte. Früher haben wir diesen Kontinent beherrscht. Wir haben ihn sogar nach uns benannt. Und jetzt geht es uns gut." Daniel zuckte mit den Schultern.

„Wir sind immer noch hier, nicht wahr?", sagte Grey und beugte sich dann vor, um einen Strahl Betelsaft zur Seite zu spucken. „Viele Völker können das nicht behaupten. Selbst die, die uns später unser Land weggenommen haben."

„Stimmt. Zwei Jahrtausende sind eine lange Zeit", sagte Daniel. Brads glorreiche Zeiten lagen lange zurück. Das einst mächtige Reich war durch die Innenpolitik und zwei Dungeonbrüche der Meisterklasse und vier der Fortgeschrittenenklasse inmitten eines dreihundertjährigen Bürgerkriegs zu Fall gebracht worden. Hinzu kamen die ständigen Kämpfe mit den eindringenden Orks aus Übersee während der Friedenszeiten im Bürgerkrieg, das Reich war geschrumpft und wieder geschrumpft. Jeder dieser Kämpfe hatte die Kraft des einst mächtigen Reiches geschwächt und es langsam gezwungen, seinen effektiven Herrschaftsbereich zu verkleinern. In dieser Lücke hatten Monster und andere Völker das Land für sich beansprucht.

In Wahrheit wussten nur wenige Abenteurer viel über die Geschichte von Brad. Auch Daniel selbst wäre weitgehend unwissend gewesen, hätte er nicht mit Khy'ra im Bett gesprochen. Ihrer Meinung nach war das auch gut so. Wenn man sich zu sehr um den einstigen Ruhm der Vergangenheit kümmerte, würde das zu einem weiteren verschwenderischen Eroberungskrieg führen. Diese Kriege waren nach Khy'ras Ansicht einer der Hauptgründe für den Niedergang des Reiches – die Ablenkung der Abenteurer von der wichtigen Aufgabe, Dungeons zu säubern.

„Zwei? Du meinst drei, oder?", sagte Grey.

Daniel schüttelte den Kopf. „Zwei."

„Nein, das ist nicht richtig. Meine Ma hat immer gesagt, es sind drei", wiederholte Grey. „Du solltest es mir glauben. Sie war großartig erzogen."

Daniel öffnete den Mund, um den Mann erneut zu korrigieren, und starrte dann in Greys mürrisches Gesicht. Nach einem Moment beschloss er, die Angelegenheit nicht weiterzuverfolgen. Schließlich stammte auch seine Information aus zweiter Hand. Selbst wenn sie von einer alten Elfe stammten. „Warst du jemals dort? In die Hauptstadt?"

„Nein. Silverstone reicht mir", sagte Grey. „Groß genug, um sich darin zu verirren, aber nicht so groß, dass man zu viele von der falschen Sorte um sich hat."

Daniel versteifte sich, aber seine Stimme blieb neutral, als er sagte: „Falsche Sorte?"

„Adel."

„Oh", entspannte sich Daniel, und lehnte das Angebot von in Minze eingewickelten Betelnüssen ab, als Grey sein altes Set ausspuckte und ein neues hinzufügte. „Ich habe eigentlich keine getroffen."

Vor ihnen hielt Tula inne und signalisierte der Gruppe, langsamer zu werden. Eine Hand fiel herab, Daniel holte seine Armbrust hervor und betätigte den Spannmechanismus.

„Gibt es Ärger?", fragte Grey. Der Fahrer klopfte sich auf die Brust, wo ein goldenes Amulett lag.

„Ja." Daniels Augen verengten sich.

Gut. Es war ein bisschen zu viel verlangt, dass die gesamte Expedition ruhig verlaufen sollte.

***

„Was haben wir, Rangerin Tula?", fragte Sava, der Karawanenmeister, Tula, als die Gruppe die kauernde Rangerin erreichte. Sie ging schräg, den Körper zur rechten Straßenseite gewandt.

„Spligo", sagte Tula und wandte sich ab, um sich der Bedrohung zuzuwenden, während sie sprach. Der Pfeil, den sie locker an ihrem Bogen hielt, zeigte weiterhin in die Richtung der Erhebung, die die Monster verbarg.

Sava zischte, während Daniel das Gesicht verzog, und ein weiteres Paar Armbrustbolzen aus seinem Köcher sowie seinen Hammer hervorzog. Er überlegte kurz, ob er seinen Schild nehmen sollte, verwarf die Idee dann aber wieder, weil er lieber die Hand frei hatte, um sich am Wagen festzuhalten.

„Wie viele?", fragte Sava.

„Ein ganzes Rudel", sagte Tula. „Neun Erwachsene. Sechs Kinder. Sie haben einen Bison kurz hinter dem Kamm erlegt."

„Gut", sagte Sava. „Empfehlungen?"

„Geht langsam. Seid bereit zu rennen", sagte Tula. „Wenn sie essen, sollten sie zufrieden sein. Die Bogenschützen werden feuern, wenn ich es tue. Wir werden nur angreifen, wenn wir angegriffen werden."

„Spligo sind Schädlinge", sagte Craig, der sich dem führenden Wagen zu Fuß angeschlossen hatte. „Es sind nur fünfzehn von ihnen. Wir können es mit ihnen aufnehmen."

„Das ist nicht unsere Aufgabe", sagte Tula und schüttelte den Kopf. Sava sah erleichtert aus, als Tula sprach. „Wir werden eine Botschaft schicken, wenn wir uns sicher sind."

„Das Kopfgeld auf Spligo beträgt fünf Silber pro Stück. Und ihre Zähne und Drüsen sind sehr wertvoll", sagte Craig. „Wenn man sie allein lässt, wird sich ein so großes Rudel aufteilen, wenn die Welpen erwachsen sind."

„Das ist nicht unsere Aufgabe." Tula drehte sich um, und starrte Craig an, ihre Stimme wurde fester. „Wir bringen den Karawanenmeister zu seinem Standort und zurück. Unversehrt."

Craigs Lippen spitzten sich, aber er nickte kurz. Sava lächelte, als er Craig weggehen sah, und neigte den Kopf in Richtung Tula. „Danke, Rangerin. Deshalb bevorzugen Expeditionsleiter wie ich es, Ranger an der Spitze zu haben. Abenteurer sind ein wenig … enthusiastisch."

Daniel rutschte in seinem Sitz, und Sava lächelte den jungen Mann kurz an. „Nicht böse gemeint."

„Nichts für ungut", sagte Daniel. Er konnte Craigs Wunsch verstehen. Fünf Silberstücke waren eine anständige Summe für ein Monster.

In kürzester Zeit war die gesamte Karawane informiert worden. Abgesehen von einer symbolischen Truppe auf der linken Seite verlagerten die regulären Wachen und Abenteurer ihre Aufmerksamkeit auf die rechte Seite. Grey schnalzte mit der Zunge, schnippte mit den Zügeln und trieb seine Pferde im langsamen Trab vorwärts. Als sie die Hügel hinter sich gelassen hatten, erblickte Daniel den Spligo.

Der Spligo existierte in dieser nebulösen Leere von Plage und Bedrohung. Ein einzelner Spligo war nicht gefährlich. Ein Rudel Spligo hingegen war gefährlich genug, um ein Knochenbison zu erlegen. Schlimmer noch, in einer einzigen Saison konnte der Spligo drei- oder viermal gebären.

Was den Spligo selbst betrifft, so sah das Monster aus wie ein dünner, flacher Wolf mit einem ovalen Gesicht. Anstelle eines einzelnen Kiefers war das Maul des Spligo wie eine Blume geteilt, messerscharfe Zähne säumten die Schnauze, in der sich ein bewegliches Zungententakel wand, dessen mit Widerhaken versehenes Anhängsel dazu diente, Körper und Gliedmaßen einzuwickeln und zu sich zu ziehen. Soweit Daniel sich erinnerte, war der Speichel des Monsters ein mildes Lähmungsmittel, während seine Klauen überraschend stumpf waren.

„Wir sollten es langsam angehen lassen", flüsterte Daniel, während er die Armbrust auf die Monster richtete. Die Gruppe kauerte über dem Kadaver des Knochenbison, ihre langen Zungen wickelten sich um das tote Fleisch, um es zu zerreißen und in ihre Mäuler zu zerren. Es war ein ekelerregender Anblick, vor allem, als die Monster ihre Zungen in den Torso des Monsters tauchten, um die Eingeweide herauszureißen und zu fressen.

„Langsam. Ich bin langsam." Grey griff nach dem massiven Stahleisen, das zwischen den beiden lag. „Ich hoffe nur, dass sie mit ihrem Essen zufrieden sind."

126

„Ja. Langsam. Wir können ihnen nicht entkommen, also gehen wir langsam", murmelte Daniel. Neben den beiden ging Tula mit einem Paar Pfeile in der einen Hand und einem weiteren Pfeil, der bereits gespannt war, einher. Sie blickte zurück und starrte die beiden an, sodass Daniel verlegen den Kopf einzog. Nach all der Zeit wusste er, dass die Rangerin Lärm nicht mochte – sie nannte es einen unnötigen zusätzlichen Faktor.

Als die Karawane direkt gegenüber vom Rudel stand, blieb Tula stehen und machte einen großen Schritt von der Straße weg. Dann stand sie einfach da, den Bogen tief und bereit, während sie die Monster anstarrte. Die Spligo, die die Gruppe entdeckt hatten, waren alle auf den Beinen, ihre dunklen Augen folgten den Bewegungen der Karawane, bevor sie die stille, winzige Rangerin erblickten. Ein Windhauch streifte die Spitzen ihres braunen Haars, das von einem grün-braunen Hut mit Krempe gehalten wurde, und spielte mit ihm und den Säumen ihrer Kleidung. Es war das Einzige, was sich zu bewegen schien, während die Rangerin auf die Monster starrte.

Als der Wagen an der Gruppe vorbeirumpelte, drehte sich Daniel auf seinem Sitz um und richtete seinen Blick auf das größte Mitglied des Rudels. Der Spligo hatte sich an der zerschmetterten Brust des Bisons gütlich getan, doch nun richtete er seine Aufmerksamkeit auf die Gruppe. Mit gerecktem Kopf öffnete sich der Rachen der Kreatur und zeigte die Reihen scharfer Zähne auf jedem Teil der Schnauze des Monsters. Aus dem zweiten Wagen, in dem Hjalmar saß, stieß der Fahrer einen unwillkürlichen Schrei aus. Die Ungeheuer drehten ihre Köpfe wie ein einziger auf den Fahrer.

„Ba'al", fluchte Hjalmar, hob seinen Bogen und spannte einen Pfeil. Eine Hand ruhte auf seiner Wange, als er ausatmete. Der Abenteurer war einer von vielen, die sich anspannten und sich auf den bevorstehenden Angriff vorbereiteten.

„Halt!" Tulas geflüsterte Worte ließen die Gruppe erstarren. Die Rangerin war eine der wenigen, die ihren Bogen nicht erhoben hatten. Sie machte sogar einen Schritt nach vorne und begegnete den Blicken des Rudels furchtlos, als

128

diese sich wieder auf die Rangerin konzentrierten.

Als Daniels Wagen den nächsten Hügel hinaufrollte und ihn schnell aus dem Blickfeld der Gruppe brachte, wandte sich der Abenteurer widerwillig von der Konfrontation hinter ihm ab. Als neuer Anführer wusste Daniel, dass es an ihm lag, dafür zu sorgen, dass sie nicht einfach auf eine weitere Gruppe von Monstern trafen. Mit zusammengebissenen Zähnen suchte Daniel die Gegend vor ihm ab, um nach Problemen Ausschau zu halten.

Es war ein quälendes Warten, als die Karawane an den Spligo vorbeizog. Eine Karawane nach der anderen erklomm den Hügel, bevor sie außer Sichtweite der Ungeheuer kamen. Ungeduldig schaute Daniel ab und zu nach hinten, zählte die Anzahl der Karawanen und spitzte die Ohren, um die Anzeichen eines Kampfes zu hören.

Aus den Minuten wurde eine Stunde, und Daniel entspannte sich, als er feststellte, dass es keine Anzeichen für eine Verfolgung gab. Doch der Heiler konnte sich nicht ganz entspannen, da Tula nicht zurückkehrte, um ihren Platz einzunehmen und den Weg auszukundschaften. Mit der Zeit ritt Sava vorwärts und gab Grey ein Zeichen, eine Lichtung zu suchen. Auf der Lichtung machten die Karawanentreiber eine kurze Pause, um ihre Pferde zu tränken und zu striegeln, ihre Ladung zu überprüfen und sicherzustellen, dass sich nichts verschoben hatte.

„Sava?", rief Daniel dem Karawanenmeister zu, als er Tula immer noch nicht sehen konnte.

„Ja, Abenteurer Chai?", sagte Sava und wandte sich ab, um sich um ein Problem mit einem Kutscher zu kümmern.

„Tula?"

„Die Rangerin steht hinter uns. Sie wollte sichergehen, dass die Spligo uns wirklich gehen lassen", sagte Sava.

„Wir warten auf sie?", sagte Daniel.

„Natürlich", sagte Sava.

Erleichtert machte sich Daniel auf den Weg, während Craig den Rest der Gruppe herumkommandierte. Nach etwa fünfzehn Minuten tauchte eine kleine Gestalt in Tarnkleidung auf, die sich in rasantem Tempo auf die Gruppe zubewegte. Daniel atmete aus und spürte, wie die Anspannung in seinem Körper verschwand, als seine Teamkollegin eintraf.

Das lief so gut, wie man es erwarten konnte. Wenn nicht sogar besser. Vielleicht hat die Anwesenheit einer Rangerin wirklich einen Unterschied gemacht.

Kapitel 7

„AUFSTEHEN! Aufstehen, ihr verdammten Abenteurer. Zu den Waffen!"

Das Gebrüll ließ Daniel aus seinem Schlafsack schießen, seine Hand schloss sich sofort um seinen verzauberten Hammer. Daniel rollte sich auf die Füße, und griff mit der anderen Hand nach den Riemen seines Schildes, während er sich den Schlaf aus den Augen blinzelte. Er war gerade eingeschlafen, seine Nachtwache war zu Ende. Zumindest hatte es sich so angefühlt, als wäre es erst ein paar Minuten her, aber so wie die Holzscheite im Feuer heruntergebrannt waren, konnte es auch etwas länger her sein.

„Wo?", rief Daniel und drehte den Kopf, während er nach den Monstern Ausschau hielt.

„Süden", sagte Uppulu. Der Speerträger schlug eine Brosche an seine Seite, und Daniel sah, wie der Mann von einem hellen blauen Lichtschein umgeben wurde. Er machte sich auf den Weg zu den Grunz- und Knurrgeräuschen, die Daniel nun als aus dieser Richtung kommend bemerkte.

Daniel sprang auf die Beine und fand Rob und Asin, die sich ihm anschlossen. Ein paar

Sekunden später schloss sich Craig dem Großteil seiner Leute an. Ein paar Pfeile flogen über ihre Köpfe hinweg und verschwanden in der Dunkelheit.

„Vivian, Licht!", rief Craig seine Befehle. „Daniel, formiere dein Team und nehmt die linke Seite. Wir nehmen die rechte."

Ein Lichtschein erhellte ihre Umgebung, sodass Daniel das Gemetzel vor ihm sehen konnte. Zwei Karawanenwachen standen neben Omrak und Uppulu und wehrten ihre Angreifer ab – ein Rudel Spligo. Selbst als das Licht die Luft erhellte, konnte Daniel sehen, wie Omrak aus seinen Seiten blutete, als er sich drehte, um einer greifenden Zunge auszuweichen, und einen anderen aufschlitzte. Die schlaffe, schleimige Masse blutete aus zahlreichen Schnitten, aber selbst ein kräftiger Schlag des Nordländers schaffte es nicht, die krause Masse aus elastischem Muskel zu durchtrennen.

Ein weiterer Pfeil blitzte auf und traf einen der Spligo an der Seite seines Mauls, sodass der nach hinten gebogene Teil seiner Schnauze an seinem Körper hängen blieb. Er heulte auf und schüttelte Kopf und Zunge, sodass der sich windende Tentakel sein Ziel verfehlte. Der Schaden war jedoch nicht tödlich, und der Spligo nutzte die neu erleuchtete Umgebung, um sich von den Verteidigern zu entfernen.

„Omrak ist vergiftet", sagte Daniel mit Erkenntnis dämmernd. Er beobachtete, wie eine Wache stolperte, als er nach vorne und aus dem improvisierten Schildwall herausgezerrt wurde. Es war in der Tat die gesamte Gruppe von Verteidigern. „Asin. Du übernimmst das Kommando. Ich muss sie heilen!"

„Ja." Die beiden flitzten weiter nach links, Asin zog ein Messer aus ihrem Schulterholster und warf es auf den ersten Spligo, der als Ziel erschien. Das Messer explodierte in zahlreiche Exemplare, als Asin **Messerfächer** auslöste. Die glitzernden, funkensprühenden Messer betäubten die Kreatur, während der elektrische Schaden ihrer Aura es beim Aufprall ihrer Messer durchfuhr. Eine Sekunde später prasselte ein Paar verzauberter Stacheln auf die Kreatur vom Himmel herab, und ließ den Spligo auf die Knie fallen.

„Kleine Heilung", stimmte Daniel an, während er auf die Wachen zustürmte. Der erste

Stromstoß, der sich aus der Zauberformel in seinem Kopf bildete, schoss aus seiner Hand und traf die am schwersten verletzte Wache. Der plötzliche Energiestoß führte dazu, dass die Wache einen Angriff verpasste, als sein Kurzschwert in den Boden einschlug.

„Verdammt", knurrte Daniel. Aber er hatte keine Zeit für so etwas. Er näherte sich der Linie und legte eine Hand auf Omraks Rücken, während er das **Zeichen des Heilers** in den größeren Körper des Nordländers einschleuste. Gleichzeitig streckte er seine Gabe in den Körper des Mannes, um nach dem Gift zu suchen. Bevor Daniel die Sache in den Griff bekommen konnte, stürmte Omrak vor und brach den Kontakt ab, wobei das Schwert des Nordländers hervorschnellte, um den Zungententakel abzutrennen, der die Wache nach vorne zog.

„Omrak …", knurrte Daniel. Aber jetzt war nicht die Zeit, sich über solche Dinge Gedanken zu machen. An der Seite waren Craig und der Rest seines Teams dem Spligo zahlenmäßig überlegen, der versucht hatte, die Gruppe dort zu flankieren. Als er in den Kampf eintrat, löste

Craig ein Skill aus, indem er mit seinem vorderen Fuß hart auf den Boden stampfte und eine Kraftwelle aus der Erde strömen ließ. Dadurch wurde der Spligo zum Stolpern gezwungen, sodass Bjarne seine blau leuchtende Waffe nach unten schwingen und eines der Monster töten konnte. Sumuhan stürmte mit seiner Schnauze nach vorne, ignorierte eine greifende Zunge, um sich seinem Gegner zu nähern und ihn in den Boden zu rammen. Und hinter der Gruppe tauchte irgendwie Hjalmar auf, der mit zwei langen Messern in den Rücken eines Monsters direkt hinter dessen Kiefer stach und ihm fast den Kopf abtrennte, während seine Hände blitzten.

Daniel wandte sich von der Gruppe ab, da er erkannte, dass sie seine Hilfe nicht brauchten. Auf der gegenüberliegenden Seite hatte Rob ein Paar seiner verzauberten Eiskugeln ausgeworfen und damit zwei schräge Eiswände geschaffen, die den Monstern den Weg versperrten. Von oben pfiffen und glühten Pfeile, bevor sie die gefangenen Ungeheuer trafen. Elisas verzauberte Pfeile schienen sich einzugraben und zu verbrennen, während Tulas Pfeile sich nur vervielfachten und die Gruppe noch mehr verletzten. Aber nur Asin hielt die Gruppe auf, ihre beiden Langdolche vor sich haltend, um den einzigen Ausgang zu verteidigen.

„Verdammt noch mal …" Daniel zögerte, hin- und hergerissen zwischen der Hilfe für die Catkin und dem Abschluss seiner Heilung. Er sah zu, wie Omrak ein weiterer Streifen Fleisch aus dem Arm gerissen wurde und die verbliebene Wache auf ein Knie stolperte, unfähig, weiterhin zu stehen.

Noch während er zögerte, strömten die übrigen Karawanenwachen von hinten heran. Ein paar schlossen sich Daniel an, die anderen Asin. Als die Hilfe eintraf, hatte Daniel die Möglichkeit, sich zu der ursprünglichen Wache zu begeben und ihn zurückzuzerren, während er seine Gabe durch den Körper der Wache jagte.

„Zeichen des Heilers", murmelte Daniel. Er brauchte die Worte nicht auszusprechen, aber in der Verwirrung hatte Daniel keine Zeit, sich darum zu kümmern. Das Murmeln davon ermöglichte es Daniel, seinen Geist zu fokussieren, die Zauberformel auszulösen und sein Mana zu zwingen, so zu fließen, wie es für

138

den Zauber nötig war. Gleichzeitig machte seine Gabe das Gift ausfindig.

„Igitt …" Daniel schüttelte den Kopf und ließ den Mann los, nachdem er die Leiche hinter die neuen Frontlinien gezogen hatte. Er betrachtete den Kampf erneut, während er sich die blutigen Hände am Boden abwischte, seine Finger kribbelten bereits vom Kontakt mit dem Lähmungsmittel. Als Daniel sich umsah, stellte er fest, dass der Kampf mit dem Eintreffen der meisten Wachen einseitig geworden war. Anstatt sich in den Kampf einzumischen, widmete Daniel seine Aufmerksamkeit der Heilung der anderen Wache. Das war das Mindeste, was er tun konnte.

***

„Ich habe dir gesagt, du sollst deine Leute nach links bringen", sagte Craig, als er nach dem Kampf vor Daniel stand. Der ältere Abenteurer hatte Daniel zur Seite geschleppt, hinter eine nahe Karawane, während er den Heiler beschimpfte.

„Omrak und die Wachen sind gefallen“, protestierte Daniel. „Ich hielt es für das Beste, sie zu heilen.“

„Sie mussten nur noch eine kurze Zeit durchhalten. Wenn du auf mich gehört hättest, hätten wir die Spligo festnageln und sie alle erledigen können. Stattdessen laufen die Überreste des Rudels herum“, sagte Craig. „Was hat deine Heilung gebracht?“

„Nicht viel“, gab Daniel zu. „Das Gift bildet sich einfach mit einem normalen Heilzauber zurück. Das Zeichen des Heilers hilft, aber …“

„Aber es dauert zu lange. Ich weiß“, sagte Craig und knurrte. „Deshalb wollte ich den Spligo tot sehen. Dein Hammer wäre viel nützlicher gewesen.“

„Das weiß ich jetzt auch“, sagte Daniel. Wenn er gewusst hätte, dass er den Gelähmten nicht so einfach heilen konnte, hätte er vielleicht nicht dieselbe Entscheidung getroffen. Seine Gabe war nicht etwas, das er mitten im Kampf einsetzen konnte. Sie verlangte von ihm, komplizierte, mikroskopisch kleine Veränderungen in einem Körper vorzunehmen. Das war einer der Gründe, warum sie so mächtig war – aber sie erforderte auch, dass er sich konzentrierte und ständig in Kontakt blieb. Alles, was über eine schnelle Einschätzung hinausging, lag außerhalb von Daniels Fähigkeiten. Zumindest im Moment.

„Dann darf ich dich daran erinnern: Ich habe hier das Sagen. Du befolgst meine Anweisungen", sagte Craig. „Hast du verstanden?"

„Ja", sagte Daniel und neigte den Kopf.

„Gut. Jetzt muss ich eine verdammte Rangerin zurechtweisen", sagte Craig, als er sich umdrehte.

„Zurechtweisen?", sagte Tula, die aus dem Schatten auftauchte. Die Rangerin in ihrem dunklen Tarnanzug schien einfach aus der Dunkelheit aufzutauchen, als sie herüberkam. „Wofür?"

„Ich habe dir gesagt, wir hätten sie töten sollen", sagte Craig und sah sie an. „Deine Unentschlossenheit hätte fast jemanden umgebracht."

„Das denkst du, ja?", sagte Tula emotionslos.

„Ich weiß es."

„Folgt mir", sagte Tula und ging an der Gruppe vorbei. Die Rangerin führte die Gruppe in die Mitte des Lagers, wo die Treiber und Abenteurer den Spligo gefesselt hatten. „Ist das die Gruppe, die du angreifen wolltest?"

„Ja", sagte Craig.

„Zähle."

„Was?"

„Zähle, wie viele es sind", sagte Tula. Craig, der ahnte, was passieren würde, presste die Lippen zusammen, drehte sich aber dennoch zu den gefesselten Leichen um, die gehäutet und geschlachtet wurden.

„Elf", sagte Craig.

„Wie viele Erwachsene?"

„Sieben. Vier Kinder", sagte Craig. „Und bevor du fragst, es waren mindestens acht weitere, die entkommen sind."

„Ja", sagte Tula und drehte sich zu Craig um. Sie sprach immer noch mit demselben monotonen Tonfall, als sie fortfuhr. „Nicht dasselbe Rudel."

„Ja", sagte Craig mit zusammengepressten Lippen, bevor er seufzte und den Kopf senkte. „Es tut mir leid."

„Akzeptiert. Ich war auch überrascht", gab Tula zu. „Es gibt zu viele Spligo-Rudel. Irgendjemand hat seine Aufgabe nicht erfüllt, die Straße freizuhalten."

„Könnte es eine Migration sein?", fragte Daniel.

„Nein. Spligo reisen nur, wenn die Nahrung knapp ist", sagte Tula. „Zwei Rudel mit erwachsenen Tieren dieser Größe deuten darauf hin, dass ein Rudel im letzten Jahr den ganzen Sommer überlebt haben muss."

„Die örtliche Gilde hätte informiert werden müssen. Und der örtliche Lord. Aber es gab keine Benachrichtigung", sagte Craig mit Spuren von Wut in der Stimme.

Daniel zuckte zusammen und fügte der Liste der Dinge, die er bei einer Expedition tun musste, das Überprüfen von Routenhinweisen hinzu. Das war sinnvoll, aber er hatte nicht daran gedacht, es zu tun.

„Ich werde eine zweite Nachricht schicken, wenn es hell ist", sagte Tula und gestikulierte um das immer noch schwirrende Lagerfeuer herum. „Du solltest dich darum kümmern."

Nach dem Angriff war niemandem nach Schlaf zumute. In der Ecke, in der der Kampf stattgefunden hatte, standen die Ehefrauen von zwei Karawanenwachen und hielten ihre Hände auf den blutgetränkten Boden. Als sie ihre Skills kanalisierten, schwebten das Blut und die Eingeweide in ihren Händen und sammelten sich zu einer Kugel, bevor sie in einem Eimer landeten.

„Ja, natürlich." Craig sah sich um und deutete dann, als er Daniel entdeckte, auf den Heiler. „Sieh nach, ob es weitere Verletzungen gibt. Schöpfe dein Mana nicht voll aus, aber wir sollten einen rotierenden Heilungsplan aufstellen." Daniel nickte, aber Craig war bereits auf der Suche nach anderen, die er herumkommandieren konnte.

„Bist du okay?", fragte Daniel und sah zu Tula hinüber, die laut ausgeatmet hatte, als Craig gegangen war.

„Das ist unser Job", sagte Tula, und die Rangerin blickte eine Weile auf ihre Füße, bevor sie seufzte. „Aber danke, dass du gefragt hast. Jetzt muss ich mit Sava sprechen."

Daniel nickte und sah der kleinen Rangerin hinterher. Der Heiler schüttelte den Kopf, und wandte sich dann ab, um nach der Krankenstation zu suchen, zu der er sich aufmachte. Zu seiner Überraschung leitete Sumuhan zusammen mit einer der Wachen die Krankenstation – er verarbeitete Tücher, kochte Wasser und fügte Wunden Alkohol hinzu, bevor er sie mit einigen gepressten Blättern umwickelte.

„Ah, Heiler!", sagte Sumuhan. „Gut. Ich habe keine genähten Wunden in der Nähe. Wenn du genug Mana hast …"

„Das habe ich", sagte Daniel. Seine Augen tanzten über die Gruppe und schätzten den Schaden ein, bevor er zu den am meisten Verletzten ging und ihnen die Hände auflegte, um das **Zeichen des Heilers** anzuwenden. Das Skill würde im Laufe einer halben Stunde vierundvierzig Trefferpunkte heilen und die schlimmsten Wunden zusammenflicken. Für einen erfahrenen Abenteurer wie Daniel war das nur ein Fünftel seiner auf das Level gepufferten Gesundheit. Aber für die Wachen der unteren Level würde es mindestens ein Fünftel bis ein

Viertel ihrer Gesundheit wiederherstellen. In einigen Fällen, das wusste Daniel, würde er den Zauber erneut anwenden müssen, aber keiner war in unmittelbarer Gefahr.

Als Daniel fertig war und weiteres Essen für die ausgehungerte Gruppe von Heilern und Helfern bestellt hatte, wandte er seine Aufmerksamkeit einer der schlafenden Gestalten zu. Er legte eine Hand auf den Arm des Mannes und schickte seine Gabe hinein, um das Gift, das sich noch im Körper befand, erneut zu untersuchen.

Das Gift selbst war eine fremde Substanz, ein Eindringling im Körper. Es betäubte die Muskeln und verlangsamte die Nerven, während der Blutfluss das Gift zur Leber transportierte, wo das Organ das Gift abbaute. Da es sich um ein organisches Gift handelte, konnte der Körper das Gift mit der Zeit extrahieren, aber das würde im Fall dieser Wache etwa vier Stunden dauern.

Gut genug. Jetzt, da er eine bessere Vorstellung und ein besseres Gefühl für das Gift hatte, wusste Daniel, dass er es mit seiner Gabe aus seinem eigenen Körper säubern konnte.

Oder, wenn es sein musste, aus dem Körper eines anderen. Aber da er seine Gabe geheim halten wollte, würde er das lieber vermeiden. Zumindest im Moment. Daniel öffnete die Augen, und nahm seine Hand weg, nur um von einem neuen Anblick überrascht zu werden.

Skill hinzugewonnen!
Gift-Identifikation: Level 1 (02/100) +2

„Hm …", sagte Daniel. Tja. Das könnte nützlich sein.

„Daniel, komm. Iss!", rief Omrak von seinem Platz neben dem Feuer. Der große Nordländer lag ausgestreckt neben dem Feuer, ein Bein bandagiert und ausgestreckt, während er ein Stück Fleisch verschlang. „Die Spligo sind sehr gut. Natürlich würzig!"

„Das ist eigentlich das Gegengift im Körper", sagte Elisa und grinste zu dem blonden Nordländer hoch. „Die Beastkin zahlen gutes Geld für die Drüsen."

An Elisas Seite nickte Asin mit dem Kopf, während sie ebenfalls auf einem Stock kaute und sich ab und zu eine Wunde am Arm rieb. Nach getaner Arbeit, zumindest für den Moment, gesellte sich Daniel zu seinen Freunden. Es sah so aus, als würde heute Nacht niemand mehr schlafen können.

Kapitel 8

Die Gruppe brach ihr Lager am Morgen ab, und müde und gähnend machten sich Viehtreiber und Abenteurer wieder auf den Weg. Kurz bevor die Gruppe aufbrach, tauchte Tula wieder auf und sprach mit Sava und Craig im Flüsterton. Die Gruppe schaute grimmig auf das, was Tula sagte, aber sie teilten ihr Wissen nicht mit dem Rest der Karawane.

Stattdessen schritt Tula zur Hauptstraße hinüber und ließ ein Trio gefalteter Papiervögel los, wobei die in den Botenbriefen eingebetteten Kurierzauber auf die Unterschrift der Gilde ausgerichtet waren. Aus früheren Gesprächen wusste Daniel, dass jeder dieser Zettel einen Silberling kostete. Zuvor hatte Tula eine der vielen Kuriertauben, die die Karawane mitgebracht hatte, benutzt, um die örtliche Gilde über das erste Rudel Spligo zu informieren, aber dieses Mal schien es der Rangerin ernst zu sein.

In den nächsten zwei Tagen bekam die Karawane ein weiteres Spligo-Rudel zu Gesicht. Es war das größte Rudel mit insgesamt über neunzehn Mitgliedern. Das Rudel lag in einem mit Höhlen gefüllten Feld, das Alphatier und die anderen Rudelmitglieder standen und beobachteten die Karawane auf der Straße. Ob es nun an der reichhaltigen Nahrung lag, die das Feld bot, oder an der Entfernung, das Rudel beschloss, der Gruppe nicht zu folgen, und Craig schlug es auch nicht vor.

Nachdem er die Führungsposition verlassen hatte, saß Daniel mit Uppulu in der Mitte auf einem Fass, und der dunkelhäutige Abenteurer bearbeitete sorgfältig die Schneide seines Speers mit einem Schleifstein. Anstatt dem knirschenden Gleiten von Stein und Stahl eine weitere Stunde lang zuzuhören, ergriff Daniel das Wort.

„Was wird mit den Spligo passieren?", sagte Daniel.

„Drei Rudel, die alle gebären? Wenn sie nicht gestoppt werden, kommt es zu einer Epidemie. Bald haben sie alles aufgefressen oder vertrieben und werden das nächste Dorf angreifen", sagte Uppulu. „Auf sie wird ein Tötungskopfgeld ausgesetzt. Und die Gilde wird den örtlichen Gildenverband untersuchen."

„Ich verstehe nicht, wie es so schlimm werden konnte", sagte Daniel und presste die

Lippen zusammen. „Sie müssen gewusst haben, dass das passieren würde."

„Vielleicht ist es nicht ihre Schuld", sagte Uppulu. „Nur weil es ein Kopfgeld gibt, heißt das noch lange nicht, dass Abenteurer es annehmen werden. Oder dass sie es annehmen dürfen."

„Aber dafür ist doch der Lord vor Ort zuständig, oder?", sagte Daniel. „Er bietet ein erhöhtes Kopfgeld, um Abenteurer anzulocken. Oder er kümmert sich selbst um die Sache mit seiner Leibwache."

Uppulu zuckte mit den Schultern, doch der Fahrer meldete sich zu Wort. „Wir fahren jetzt durch das Land von Lord Sade. Er ist acht Jahre alt."

„Acht?", sagte Daniel.

„Aye. Seine Mutter ist die Regentin, aber sie ist eine Lady", fügte der Kutscher hinzu. „Trotzdem gibt es keinen Grund, warum sie das Kopfgeld nicht erhöht haben, aber ich würde nicht erwarten, dass sie hier draußen sind."

Daniel drehte seinen Hammer in der Hand und betrachtete den leeren Verzauberungsschlitz, während er über ihre

Bemerkung nachdachte. Das war eine Schwäche des Regierungssystems. Brads stehendes Heer war klein und hatte alle Hände voll zu tun mit Orküberfällen, größeren Banditengruppen und der Verstärkung von Grenzgarnisonen. Um Probleme im Land, wie etwa Monsterpopulationen, kümmerten sich die örtlichen Lords und Abenteurer. Meistens funktionierte dies, aber gelegentlich traten Lücken auf.

Wie diese hier.

Andererseits, war irgendein System perfekt? Wenn es eines gab, dann kannte Daniel es nicht.

***

Zwei Tage später stand Sava vor der müden Gruppe und stapfte herum, um die morgendliche Kälte zu vertreiben. Der für die Jahreszeit ungewöhnlich kalte Frühlingsmorgen hatte einen Reif auf allem hinterlassen und eine angespannte und mürrische Atmosphäre geschaffen. Als Stille eintrat, ergriff der Karawanenmeister das Wort.

„Die Rangerin sagt, wir seien nicht mehr im Gebiet der Spligos. Wir haben es gestern Nachmittag verlassen", sagte Sava. Ein gedämpfter Jubel brach in der Gruppe aus, denn die Anspannung wegen möglicher nächtlicher Angriffe und überfüllter Schlafplätze hatte alle noch weiter deprimiert. „Das bedeutet, dass wir das Tempo erhöhen werden." Ein Stöhnen ging durch die Gruppe, aber es gab keine Proteste. „Wir haben drei Tage Zeit, um die Zeit aufzuholen, bevor wir unser Treffen verpassen, und wir sind einen Tag im Rückstand, weil wir langsamer fahren. Macht euch also auf eine lange Reise gefasst."

Mit einem Klatschen in die Hände schickte Sava die Gruppe los und winkte Craig und Daniel heran. Die beiden schlossen sich zusammen mit Tula dem Karawanenführer an. Neugierig fragte sich Daniel, welche weiteren Neuigkeiten Sava zu berichten hatte.

„Ich habe heute Morgen per Kuriertaube eine Nachricht erhalten", sagte Sava und hielt eine kleine Papierrolle in die Höhe. „Die Gilde hat das Kopfgeld für die Spligo auf das Doppelte ihres normalen Satzes erhöht. Einschließlich derer, die wir gemeldet haben." Die Abenteurer konnten sich ein Grinsen nicht verkneifen, aber Tula war ungerührt. „Was den Lord betrifft, so wurde ein königlicher Ermittler entsandt."

„Gut", sagte Tula.

Als sich die Gruppe auflöste, um die gute Nachricht zu überbringen, sprach Daniel Craig an. „Was ist ein königlicher Ermittler?"

„Das weißt du nicht?", sagte Craig. Dann lächelte er verschmitzt. „Es gibt keinen Grund, warum du es wissen solltest, schätze ich. Sie sind die, die mit Lords und ihresgleichen zu tun haben. Wenn der Regent von Lord Sade keinen guten Grund für ihr Versagen hat, erwarte ich, dass es einen Wechsel in der Führung geben wird."

Daniel bedankte sich bei Craig und machte sich auf den Weg, um seinen Freunden die neuesten Nachrichten zu übermitteln, während die Karawane sich auf den Weg machte. Während er ging, konnte der Heiler nicht anders, als über die sich erweiternde Welt nachzudenken, der er ausgesetzt war. Als fortgeschrittener Abenteurer waren sie Neulinge im Spiel der Politik. Ihre Handlungen, ihre

Entscheidungen konnten sogar die Herren beeinflussen, wie es schien.

***

Der Rest des Tages verging wie im Flug. Ein Tag ging in den nächsten über. Je weiter die Expedition in die Wildnis vordrang, und zwar in einem Tempo, das nur durch die passiven Bewegungsfähigkeiten des Karawanenführers möglich war, der die gesamte Expedition unterstützte, desto mehr verblassten die Zeichen der Zivilisation. Selbst die gelegentlichen Gehöfte oder alten, abgenutzten und verlassenen Steinmauern wichen einer ungezähmten Wildnis. Die Entfernungen zwischen den Dörfern vergrößerten sich, während die Pioniere die besten Standorte für ihr neues Leben auswählten – sie suchten nach Wasserwegen, unberührten Wäldern und Mineralien, um ihre Erfolgschancen zu erhöhen.

In jedem Dorf würde die Expedition anhalten und Handel treiben. In diesen Zeiten hatten die Abenteurer Zeit, sich auszuruhen und zu entspannen. Je nach Art der Gruppe entspannten sich die Abenteurer, holten Schlaf nach, spielten und tranken oder erkundeten in einigen Fällen die Städte. Nicht, dass diese Dorfbewohner oft wirklich etwas Interessantes zu bieten hätten, aber die Dorfoberhäupter hatten oft kleinere Quests im Angebot.

„Schon wieder Teufelsratten?", stöhnte Daniel über die enthusiastische Antwort des Dorfoberhauptes. Als er sah, dass der Mann die Stirn runzelte, winkte er mit einer Hand. „Tut mir leid. Es ist nur so, dass wir dieselbe Aufgabe schon das letzte Mal …"

„Drei Dörfer", sagte Omrak. „Habt ihr keine anderen Probleme?"

„Aber wir müssen uns um die Teufelsratten kümmern. Sie haben bereits vier unserer Getreidesäcke verdorben", murmelte das Dorfoberhaupt.

„Und wir werden mit ihnen fertig. Aber es braucht sicher nicht alle von uns", sagte Daniel.

„Gut, wir haben nicht genug, um für etwas anderes zu bezahlen."

„Sag es uns einfach", sagte Omrak.

„Flussaufwärts. Die Belhu-Krokodile haben gelaicht und wachsen", sagte das

Dorfoberhaupt. „Wir versuchen, ihre Population einzudämmen.“

„Perfekt“, sagte Omrak. „Das ist eine angemessenere, ruhmreichere Aufgabe. Ich werde deine Krokodile erschlagen, ihnen die Schuppen abziehen und ihr Fleisch zurückbringen, damit sich alle daran laben können. Komm, Held Craig. Lass uns beginnen!“

Der ältere Abenteurer schaute zwischen Omrak und seinem Team hin und her, dann wieder zu seiner faulenzenden Gruppe, von der einige schon halb betrunken waren, und schüttelte den Kopf. „Nein. Ich denke nicht. Ich wünsche euch viel Spaß.“

„Aber das Dorf braucht uns!“, sagte Omrak.

„Sie brauchen dich“, sagte Craig. „Es gibt nicht genug bezahlte Arbeit. Wir wollen uns auch nicht mit Teufelsratten abgeben. Das sind Aufgaben für Anfänger-Abenteurer.“

„Aber die Arbeit ist notwendig“, sagte Rob und spitzte die Lippen. „Dennoch glaube ich, dass Asin für diese Arbeit am besten geeignet wäre.“

Asin stieß ein neugieriges Miauen aus, obwohl sie mit einem Wurfmesser hantierte.

„Selkie. Wasser", sagte Rob und deutete auf sich selbst. Dann änderte er die Richtung seines Fingers und zeigte auf Omrak. „Riesenschwert." Dann auf Asin. „Kleine Dolche." Rangerin Tula ruhte auf dem Dach einer Karawane und genoss die Sonne und einen Moment der Ruhe. Von allen hatte die Rangerin die meiste Arbeit geleistet, sie war immer hin und her geritten, um die Route auszukundschaften und Probleme zu überprüfen.

„Daniel?", sagte Asin und stupste ihren Freund an.

„Ich hatte gehofft, dass ich …" Als er die großen Augen von Asin sah, seufzte er. „Dir helfe. Na gut."

„Ihr werdet uns helfen?", sagte das Dorfoberhaupt, und schaute zwischen der Gruppe hin und her. Zu diesem Zeitpunkt war Craig bereits gegangen.

„Das ist es, was wir tun!", sagte Omrak, klopfte dem Dorfoberhaupt auf die Schulter und ließ ihn taumeln. „Komm, Freund Rob. Wir haben Ungeheuer zu erschlagen!"

***

Daniel stöhnte, hob einen weiteren Sack mit Getreide auf und schob ihn so, dass Asin die Ratten sehen konnte. Teufelsratten waren groß, fast so groß wie eine Hauskatze. Aufgrund ihrer Knochenstruktur konnten sie sich trotzdem durch Lücken zwängen, und so suchten die beiden Abenteurer nicht nur nach den Ratten selbst, sondern auch nach dem Weg, auf dem sie in die Getreidescheune gelangt waren. Dazu mussten sie nur die Getreidesäcke umstellen.

Während Asin herumstocherte, lehnte sich Daniel gegen einen Getreidestapel. „Du wolltest nur Hilfe beim Tragen der Säcke, nicht wahr?"

Nachdem sie sich vergewissert hatte, dass es keine Ratten gab, trat Asin einen Schritt zurück und drehte ihr Wurfmesser um. Sie sah Daniel an, als sie antwortete, und warf ihm große Katzenaugen zu. „Nein."

Als Asin ihm antwortete, bemerkte Daniel, wie ihr Schwanz für eine kurze Sekunde in seinem trägen Schwingen erstarrt war. „Sicher."

„Freund. Zusammen", sagte Asin und deutete zwischen den beiden hin und her.

„Hm", sagte Daniel, als er zum nächsten Stapel Getreidesäcke hinüberging. Dank ihrer Level war das Tragen dieser Getreidesäcke einfacher, als er erwartet hatte. Manchmal vergaß man leicht, dass er in der kurzen Zeitspanne von einem Jahr so viele Level aufgestiegen war. Er hatte insgesamt 20 Level. Ein Bergmann mit 20 Leveln konnte einen hohen Preis verlangen, da er mit seinen Skills und Eigenschaften doppelt bis dreimal so effizient war wie ein Anfänger. Und die wenigen Bergleute, die Level 40 erreichten, galten als Spitzenexperten, als Personen, deren bloße Anwesenheit einem Unternehmen eine gute Rendite garantierte. Viele dieser Bergleute leiteten sogar ihre eigenen Unternehmen oder Bergbau-Gangs. „Wir sind wirklich nicht viel allein unterwegs gewesen, oder?"

„Nein", sagte Asin. Sie stieß ein zufriedenes Schnurren aus, als eine Teufelsratte unter Daniels Füßen hervorsprintete, als er den nächsten Stapel Getreidesäcke umstellte. Als sie sich auf die Füße des Heilers stürzte, warf Asin ihre vorbereiteten Messer, deren Klingen sich tief in den Körper der Kreatur bohrten und sie durch die Wunden und Blitze sofort töteten.

Daniel ließ sich nicht beirren, stellte die Getreidesäcke ab und deutete auf das Loch im Boden, das sie gefunden hatten. „Ich habe es gefunden."

„Vielleicht mehr."

„Ich weiß", sagte Daniel. Die Teufelsratten zu töten, war für sie gar nicht so schwer. Wie Craig erwähnt hatte, war dies eine Arbeit, die man am besten Anfängern überlässt – oder einer Gruppe von gut bewaffneten und einsatzbereiten Dorfbewohnern. Da aber keine Anfängerabenteurer in der Nähe waren, blieb es ihnen überlassen, dies zu erledigen. „Trotzdem. Ich wette, es gibt kein weiteres Loch."

„Wetten?"

„Einsatz?"

„Ein Silberstück."

„Erledigt."

Durch die Wette motiviert, begann Daniel, die Getreidesäcke schneller zu bewegen. Die Catkin schnappte sich die Teufelsratte und warf den toten Körper nach draußen, damit sich die

Bauern darum kümmern konnten, aber nicht bevor sie ihr Messer geholt hatte. Nachdem sie wieder eingetreten war, hüpfte Asin auf einen Sack und setzte sich auf einen Balken, die Dolche immer noch in einer Hand, während sie ihre kleine Turnübung machte. Selbst wenn sie die Löcher in der Scheune fanden, mussten sie immer noch das Versteck der Monster finden.

***

Es war schon spät am Abend, als sich die Gruppe wieder auf dem Dorfplatz versammelte. Dort wurde eine improvisierte Feier abgehalten, ein Zeichen der Dankbarkeit für die Ankunft der Karawane und die Hilfe der Abenteurer. Neben einem Trio von Kochfeuern drehten sich drei acht Fuß lange Krokodile auf Spießen, die den Mittelpunkt der Feier bildeten. Neben dem größten der Krokodile hielt Omrak Hof und schwenkte ein abgesägtes Hinterbein als behelfsmäßiges Schwert.

„Dann, als Rob von dem Ungeheuer gefressen werden sollte, schwang ich mein

Schwert und hackte ihm die Schnauze ab!" Omrak schwang den Knüppel nach unten.

„Ich war nicht in Gefahr", sagte Rob und schnaubte. „Ich wusste, dass du da warst. Als ob ein dummes Krokodil einen Selkie im Wasser fangen könnte."

„Du bist ein Selkie? Ich dachte, ihr seid Robben?", sagte ein dürrer Bauer und sah Rob misstrauisch an.

„Es ist eine unserer Gestalten."

„Gestalten? Ich dachte, ihr seid wie die Beastkin", sagte derselbe Bauer.

„Nein", schnaubte Rob. „Anders als die Beastkin haben wir zwei Gestalten. Wir haben unser Erbe nie aufgegeben."

„Diese alte Lüge?", sagte Sumuhan, der in einiger Entfernung saß, mit einem Knurren. „Du hast dich geweigert, Erlis zu helfen, als sie es brauchte. Und so warst du dazu verflucht, jedes Mal wählen zu müssen."

„Lügen!", brüllte Rob. Er trat nach vorne und zeigte mit dem Finger auf Sumuhan. „Lügen, die ihr Beastkin erzählt, um zu erklären, warum ihr eure wahren Gestalten aufgegeben habt. Lügen, um zu erklären, warum ihr verflucht seid, in diesen absurden Gestalten zu stehen."

„Sag das noch einmal." Sumuhan stand auf, seine Hand fiel auf den Hammer, der auf dem Stuhl ruhte, auf dem er gesessen hatte. „Na los. Sprich diese Lüge noch einmal aus."

„Du denkst, ich habe Angst vor dir?", sagte Rob knurrend. Hinter sich ließ er ein Paar seiner schwebenden Stacheln aus seiner Jacke fallen, die vor dem Zauberer herschwebten.

„Hört auf damit. Alle beide!", sagte Craig und stellte sich zwischen die beiden. „Was glaubt ihr, was ihr da tut?"

„Er hat uns beleidigt!"

„Er verbreitet seine Lügen!""

„Das ist mir egal", knurrte Craig. „Das ist eine Feier. Ihr seid fortgeschrittene Abenteurer. Benehmt euch auch so."

Daniel erschien neben Rob und stieß ihn in die Seite, bis der Mann den Heiler anschaute. Dann zeigte er auf die schwebenden Stacheln, bevor er sprach. „Leg die Waffen weg."

„Sonst was?"

„Sonst schlägt dich Omrak mit dem Schlagstock, und dann wälzen wir dich im

Schlamm, bis du dich beruhigt hast", sagte Daniel.

„Schlamm?", schauderte der anspruchsvolle Selkie. „Gut. Aber wenn er weiterhin diese Lügen verbreitet …"

„Ihr haltet beide die Klappe", sagte Craig, der das Gespräch mitgehört hatte. Sumuhan knurrte, löste aber seinen Griff um den Hammer und setzte sich. Omrak, der die ganze Sache beobachtet hatte, verdrehte nur die Augen und biss in seine Keule.

Eine Stunde später, als Daniel sicher war, dass die Gruppe sich niedergelassen hatte und er sich von Rob beim Dorfoberhaupt hatte entschuldigen lassen, fand Daniel Asin und stieß sie an. Die Catkin stieß ein unzufriedenes Knurren aus.

„Was sollte das denn?", sagte Daniel.

„Alte Geschichten", sagte Asin. „Wut."

„Da gibt es offensichtlich eine Menge. Ich habe noch nie gesehen, wie du und Rob euch gestritten habt", sagte Daniel.

„Ist mir egal", sagte Asin und zeigte auf sich selbst.

„Das klingt aber nach einer ziemlich wichtigen Geschichte“, sagte Daniel. Nachdem er sich eine Stunde lang den Kopf zerbrochen hatte, musste Daniel zugeben, dass er tatsächlich nicht wusste, welche Geschichte wahr war. Tatsächlich erinnerte er sich daran, einige andere Geschichten über die Erschaffung der Beastkin gehört zu haben – fehlgeleitete Schöpfungen von Magiern, verlassene Kinder eines der niederen Götter … Selbst wenn die Götter die Wahrheit kannten, sagten sie sie nicht. Oder vielleicht wussten sie sie, und die Priester weigerten sich, sie zu erzählen.

Asin seufzte und hob dann ihre Hände. „Zu viele Geschichten. Zu lange her. Keine Aufzeichnungen. Götter erzählen Lügen.“ Ein Rumpeln am Nachthimmel ließ Asin aufblicken und den Kopf einziehen, als sie hinzufügte. „Oder sie werden belogen. Neue Götter wissen es nicht. Alte Götter reden nicht. Oder reden schlecht.“

Auch das war wahr. Die Kommunikation zwischen den Göttern und dem Klerus war schwierig und aufgrund der unterschiedlichen Stärke und des unterschiedlichen Status der beiden anfällig für Missverständnisse. Ein Gott, ein echter Gott, stand so hoch über den Sterblichen, dass nur diejenigen mit den höchsten Ebenen eine echte Kommunikation aufrechterhalten konnten.

„Es ist dir also egal?"

„Macht das einen Unterschied?", sagte Asin und deutete auf sich selbst. „Asin. Verflucht. Gesegnet. Immer noch Asin."

Daniel öffnete den Mund und schloss ihn dann wieder. Das war wahr. Wenn es eine Wahrheit in all ihren Lehren gab, dann die, dass das Leben nicht urteilt. Es würde dich gleichermaßen brechen und beschenken, egal, woran du glaubst. Alles, was man tun konnte, war weiterzumachen.

„Essen", sagte Asin und winkte mit ihrem leeren Teller. Und dann, nachdem sie mit dem Philosophieren fertig war, ging sie weg und ließ Daniel zurück, der der jungen Catkin auf den Rücken starrte.

Kapitel 9

Der Große Wald von Pirin erstreckte sich kilometerweit, als die Gruppe den nächsten Hügel erklomm, ein Meer aus Grün, das von einer Lichtung mit den braunen, strohgedeckten Häusern eines Dorfes unterbrochen wurde. Die unbefestigte Straße, auf der sich die Expedition in den letzten zwei Tagen durch Schlamm und ausgewaschene Kiesbänke geschoben hatte, führte hierher – in das Dorf Olyne. Olyne war der letzte Außenposten der Zivilisation des Königreichs Brad in diesem Teil der Welt und der letzte Halt für die Expedition, bevor sie in den Wald eindrang.

Als die Expedition den Hügel erklomm, ging Omrak zu Tula hinüber, die knapp hinter dem Hügel am Straßenrand stand, sodass sie sich nicht gegen den Himmel abzeichnete. Die Rangerin biss sich nachdenklich auf die Lippen, ihr Blick war in einer Weise auf das Dorf gerichtet, wie es der Nordländer noch nie gesehen hatte.

„Dein Zuhause?", fragte Omrak als er neben der kleinen Frau zum Stehen kam.

„Ja", sagte Tula. Überraschenderweise sprach sie weiter, ganz im Gegensatz zu ihrer sonst so verschlossenen Art. „Es ist drei Jahre her, seit ich das letzte Mal hier war. Es hat sich nicht verändert, nicht viel. Noch ein paar Häuser, ein größeres Sägewerk. Mehr Bäume wurden gefällt …“

„Es ist schwer, nach Hause zu kommen“, brummte Omrak. „Ich war nicht mehr zu Hause, seit ich vor vier Jahren weggegangen bin.“

„Vier?“, sagte Tula erstaunt. Sie drehte den Kopf, um Omrak anzusehen, und ließ den Blick über den Körper des jugendlichen Riesen gleiten.

„Ja. Ich ging, als ich vierzehn war“, sagte Omrak und beantwortete damit ihre Frage. „Bei meinem Volk ist es üblich, dass ein Junge nach seiner ersten Tötung als Mann gilt. Bei mir war es mit dreizehn. Meine Mutter weigerte sich jedoch, mich gehen zu lassen, bevor ich vierzehn war.“ Bis zum letzten Satz klang Omrak weiterhin gekränkt. „Aber mein Vater hat darauf bestanden, dass ich meinen Weg gehen darf.“

„Bereust du es?“

„Was bereuen?“

„Wegzugehen.“

„Nein", sagte Omrak und schüttelte den Kopf. „Zu Hause ist kein Platz für mich. Meine älteren Brüder haben den Hof. Wenn ich mein Geld verdient und mir einen Namen gemacht habe, werde ich zurückkehren. Ich werde das Land unterhalb von dem meines Bruders kaufen und dann Schafe züchten. Und dann werde ich einen Knecht einstellen, der die Schafe hütet, während ich in den Bergen jage."

Tula schnaubte. „Das ist ein schöner Traum."

„Aye. Das Dorf lebt also vom Holz?"

„Holz und Viehzucht sind die wichtigsten Standbeine", sagte Tula. „Aber es sind Expeditionen wie diese, die uns das Geld geben, damit wir uns verbessern."

Omrak nickte. In seinem Dorf war es nicht viel anders. Wenn man am Rande des Nirgendwo lebte, gewöhnte sich die Gemeinschaft daran, den Großteil ihres Bedarfs selbst zu decken. Aber einige Dinge konnten in einem kleinen Dorf einfach nicht hergestellt werden, und so sorgten die gelegentlichen Händler und Expeditionen für das Nötigste. In mancher Hinsicht, so dachte Omrak, war dieses

Dorf besser dran als sein eigenes, denn es hatte die Garantie, dass regelmäßig Händler auf der Suche nach Monsterteilen kamen. Im Hochland, aus dem er stammte, gab es dasselbe, aber die Monster waren viel seltener und viel gefährlicher.

„Rangerin", sagte Sava, als er von seinem Wagen sprang und sich zu den beiden gesellte, die das Dorf beobachteten. „Gibt es ein Problem?"

„Nein", sagte Tula.

„Gut." Sava entspannte sich, schaute sich im Wald um und blickte dann nach oben in die Mittagssonne. „Wir sollten das Dorf rechtzeitig erreichen. Wir werden uns drei Tage lang ausruhen und dann die eigentliche Expedition beginnen."

Tula neigte bei Savas Worten den Kopf.

Der Expeditionsleiter hielt inne und blickte nervös von einer Seite zur anderen, bevor er sprach. „Die Esman-Schlucht …"

„Ist gefährlich", schaltete sich Tula ein. „Dies ist nur eine Expedition für Fortgeschrittene mit orangenem Status. Wir haben keine Erlaubnis, die Schlucht zu betreten."

„Wenn wir nur ein paar Späher losschicken würden …“

„Nein.“

„Natürlich, Rangerin“, sagte Sava und nickte mit dem Kopf. Er überlegte mit geschürzten Lippen, bevor er wieder sprach. „Dann werden wir zum Rybachly-See gehen.“

„Annehmbar. Ich werde die Bedingungen überprüfen, bevor wir aufbrechen“, sagte Tula.

Sava nickte, verabschiedete sich von der Gruppe und eilte hinüber, um seinen Wagen einzuholen. Die beiden standen eine Weile schweigend da, und ließen weitere Wagen und Sava abfahren, bevor Omrak das Wort ergriff.

„Was ist die Sman-Schlucht?“

„Esman“, korrigierte Tula. „Ein gefährlicher Ort. Die Ranger haben ihn als fortgeschrittene grün-blaue Gefahrenlevel eingestuft. Aber er enthält auch die Eier des Nizhnye-Raptors, die sowohl für die Tierzähmung als auch für die Küche sehr wertvoll sind.“

Omrak nickte. „Nun, dann ist es gut, dass wir nicht dorthin gehen. Ich kann nicht gut mit Raptoren umgehen.“

„Die meisten können das nicht", sagte Tula. „Komm, wir sollten aufholen. Und ich sollte das Dorf wissen lassen, dass wir bald ankommen."

Nachdem sie das Gespräch beendet hatten, verschwand Tula, und Omrak musste zusehen, wie seine Freundin im halbhohen, kilometerfressenden Galopp den Hügel hinunter verschwand. Schon bald verlor er ihre Gestalt aus den Augen, da ihre getarnte Kleidung und die Fähigkeit des Rangerin, kleine Unebenheiten und Kurven des Hügels zu erkennen, ihre Gestalt zu verdecken begannen.

„Was für ein wunderbarer Tag, um am Leben zu sein. Wenn es jetzt ein Monster gäbe …"

„Beschwöre es nicht herauf, du Idiot!" Vivian, die auf einem vorbeifahrenden Wagen saß, schnauzte Omrak an, der ihr ein breites Grinsen entgegnete.

***

Die Expedition brauchte den Rest des Nachmittags, um das Dorf zu erreichen, das titelgebende Dorfoberhaupt zu begrüßen, ein provisorisches Lager aufzuschlagen und sich mit neugierigen Dorfbewohnern auseinanderzusetzen. Als die Expedition fertig war, ging die Sonne bereits unter, und es wurden Lagerfeuer entfacht. Nachdem die Expedition abgeschlossen war, machte sich Tula auf den Weg, um ihre letzten Aufgaben zu erledigen, und ging zu dem großen Baumhaus mit dem Treppeneingang, das den Ranger-Außenposten des Dorfes bildete.

Sie ergriff die einfache Strickleiter, die zum Außenposten führte, und kletterte mit geübter Leichtigkeit die schwankende Konstruktion hinauf. Die Außenposten der Ranger waren im ganzen Königreich gleich – wo immer es möglich war, hoch gebaut, um die Sichtverhältnisse und die natürliche Verteidigung zu maximieren. Es war nicht ungewöhnlich, dass das Dorf dann um den Außenposten herum gewachsen war und den riesigen Baum und die Ranger in seinem Inneren in Ruhe ließ.

„Tula", begrüßte sie der rothaarige Ranger, der den Außenposten betreute, bei ihrer Ankunft.

„Rangerlehrling Tula, zweite Klasse, meldet sich mit einer Expedition aus Silverstone", sagte Tula und schritt zum Schreibtisch, den der Ranger bemannte. „Darf ich beginnen, Ranger Luke?"

„Erlaubnis erteilt, Lehrling Tula", sagte Luke. Tula sprach schnell und schilderte die Erlebnisse der Expedition. Während sie sprach, machte der ältere Ranger Notizen auf Papierhüllen in einer Kurzschrift, die eher aus gekritzelten Buchstaben und Hieroglyphen als aus ganzen Wörtern bestand. Im allgemeinen Sprachgebrauch war dies die Rangerschrift, die alle Ranger von Beginn ihrer Ausbildung an zu lesen lernten. Sie sparte nicht nur Papier, sondern ermöglichte es den Rangern auch, ihre Geheimnisse zu bewahren und sie weiterzugeben, oft vor den Augen anderer.

„Und ein Nest von sieben Kappa, zehn Kilometer nördlich vom Wegpunkt elf bei dem kleinen See in Form eines J", beendete Tula ihren Bericht. „Nicht erledigt."

„Zu weit weg von der Straße", sagte Luke und schürzte die Lippen. „Aber das Nest könnte ein Problem sein. Ich werde einen Suchtrupp danach einrichten."

„Ja, Sir", sagte Tula.

„Wenn das alles ist", sagte Luke, und nachdem Tula es bestätigt hatte, legte er seine Feder ab und breitete die Papiere aus, um sie an der Luft trocknen zu lassen. In diesem Moment brach Luke in ein breites Grinsen aus, ging um den Tisch herum und umarmte Tula, wobei er die kleine Rangerin herumwirbelte.

„Schön, dich zu sehen, Sprössling!"

„Mmpphfff. ..." Das Gesicht an Lukes Brust gepresst, rang Tula nach Luft und Sprache.

„Ach, sei still. Ich habe dich seit Jahren nicht mehr gesehen. Wenn man bedenkt, dass du jetzt ein Lehrling zweiter Klasse bist!", sagte Luke und grinste breit. „Erstaunlich."

Als sie endlich losgelassen wurde, nachdem sie auf Lukes Fuß getreten hatte, knurrte Tula ihren alten Herrn an, bevor sie ihn in die Arme schloss. „Du Idiot. Arbeitest du hier immer noch allein?"

„Du weißt ja, wie das ist", sagte Luke achselzuckend. „Viel Talent, aber wenig Interesse."

„Oder ihr Interesse wird missbilligt", sagte Tula, wobei sich eine Spur von Bitterkeit in ihre Stimme einschlich. Luke schnaubte und klopfte ihr auf die Schulter.

„Was, willst du jemanden, der den Job hasst, an deiner Seite arbeiten lassen?", sagte Luke. „Nein. Du weißt, warum wir die Dinge so machen, wie wir sie machen. Würdest du es ändern?"

„Ich würde …" Tula hielt inne, dann sackten ihre Schultern niedergeschlagen zusammen. „Ich würde nichts ändern. Die Ranger nehmen die, die auserwählt werden, nicht die, die interessiert sind."

„Genau", sagte Luke. „Also. Der Rybachly-See?"

„Ja, aber er hat auch die Schlucht erwähnt", sagte Tula. Luke verdrehte bei ihren Worten die Augen.

„Bleibt weg. Sie hatten ein gutes Jahr, seit ich die Wyvern-Familie erlegt habe, die das Dorf belästigt hat", sagte Luke. „Es wird ein paar Jahre dauern, bis sich die Nizhnye-Raptoren wieder eingependelt haben. Vielleicht siehst du sogar ein paar herumfliegen, wenn du zum See gehst."

„Dann besorg mir am besten die Details", sagte Tula. Auf Lukes Geste hin gingen die beiden zu einem anderen Tisch hinüber, an dem eine Karte der Umgebung hing, auf der kleine Schnitzereien zu sehen waren. Als sie die Karte erreichten, begann Luke, auf jede Einritzung zu zeigen und die Bedrohungen zu beschreiben, die jede Markierung darstellte. Tula hörte aufmerksam zu, denn sie wusste, dass solche Informationen über Tod und Überleben entscheiden konnten.

***

Am späten Abend stand Tula vor der Hintertür eines kleinen Hauses am Rande des Holzzauns des Dorfes. Der Zaun selbst war seit ihrem letzten Besuch mehrfach repariert worden, eine ständige Notwendigkeit, um die Sicherheit des Dorfes selbst zu gewährleisten. Natürlich würde eine einfache hölzerne Barriere niemals ausreichen, aber dafür gab es ja die zahlreichen Dorfhunde. Einer von ihnen, der eine alte

Freundin erkannt hatte, stieß gegen Tulas Hand und wollte gekrault werden.

Tula seufzte, starrte wieder auf die imposante Tür und kraulte die Ohren des Hundes, um sich in der liebevollen Geborgenheit zu trösten. Tief durchatmend nahm Tula ihren Mut zusammen und klopfte an. Als ihre erhobene Faust zum dritten Mal klopfte, flog die Tür auf.

„Nun, komm herein. Klopfen, als ob du eine Fremde wärst. Ernsthaft. Und das hat ja auch lange genug gedauert." Die kleine, stämmige Frau im Inneren schnupperte an Tula, als sie zurück in die Küche schlenderte. „Ich habe dein Essen warmgehalten, aber es ist schon so spät, dass es schon ganz ausgetrocknet ist."

„Ich bin mir sicher, dass es gut ist, Mati", sagte Tula, als sie hereinkam und die Tür hinter dem mitleidig aussehenden Hund schloss. „Dein Essen ist immer gut."

„Nicht gut genug, um dich hierzubehalten. Drei Jahre und wir bekommen kaum einen Brief!", schimpfte Tulas Mutter.

„Ich schicke immer einen, wenn ich kann", protestierte Tula. „Ich kann nichts dafür, dass es keine Händler gibt, wenn ich auf einer Expedition bin."

„Bah! Du solltest mit diesem ganzen Expeditions-Unsinn aufhören. Sei eine richtige Abenteurerin, wenn du herumlaufen musst", sagte Tulas Mati. „Wenigstens hast du die Briefe richtig verschickt, als du in diesem Dungeon warst."

„Du weißt, dass ich es hasse, an einem Ort festzusitzen", sagte Tula und stemmte ihre Hände in die Hüften.

„Har! Als ob ich nicht wüsste, warum mein eigenes Baby mich verlassen hat."

„Mati!"

„Oh, gut, gut. Du hast dein eigenes Leben zu leben. Nicht, dass irgendetwas, was ich sage, jemals einen Unterschied gemacht hätte. Es ist ja nicht so, dass deine Schwester nicht glücklich ist, weil sie mit Laust verheiratet ist und ihr drittes Kind unterwegs ist, oder?", murmelte Tulas Mati weiter, während sie den einfachen Eintopf in eine Schüssel löffelte, dann Bratenscheiben und Bratkartoffeln auf einen Teller legte, bevor sie ihn vor Tula stellte.

„Ein drittes Kind?", fragte Tula und stach in eines der Fleischstücke. „Schon?"

„Ja, ein drittes. Die anderen beiden wachsen gut heran, obwohl wir im letzten Winter einen Schreck mit dem kleinen Anders hatten, als er sich erkältete. Wir hätten ihn fast verloren ..." Erfolgreich abgelenkt, begann Tulas Mati, die Mühen und Schwierigkeiten des Dorflebens zu schildern.

Tula wiederum hörte mit einem offenen Ohr zu, um einige Details zu erfahren, die in den sporadischen Briefen nicht weitergegeben worden waren. Es war beruhigend, zu Hause zu sein und das vertraute, zu fettige Essen zu essen. Aber es war auch anstrengend, da die ständigen, liebevollen Beschwerden ihrer Mutter auf sie einprasselten. Doch als sie eine weitere Kartoffel aufspießte, spürte die Rangerin, wie sich der Knoten in ihren Schultern löste. Nach Hause konnte man immer zurückkehren, auch wenn man es nie wollte.

Kapitel 10

„Es war wirklich ein sehr schönes Dorf", sagte Daniel. Zwei Tage später setzte sich die Expedition in Bewegung. Auf dem Weg in den überwucherten Wald bewegte sich die Expedition hauptsächlich zu Fuß, wobei die Vorräte auf ein halbes Dutzend Packpferde verladen wurden, die von den Wagen getrennt waren. Die Abenteurer hatten alle ihre eigenen Waren dabei, von denen die meisten in ihrem **Inventar** gelagert waren. Natürlich verfügten die Kaufleute und Händler über die entsprechenden Skills, doch viele zogen es vor, Skills wie **Erleichterte Last** oder **Perfekte Passform** zu verwenden, mit denen sie den Platz für ihre Transportmittel und Taschen maximieren konnten. Immerhin war eine einzige Kutsche um ein Vielfaches größer als das **Inventar** eines Abenteurers.

Als Antwort auf Daniel gab Asin ein leises Schnurren von sich.

„Und Tulas Mutter war sehr nett. Ein bisschen gesprächig, aber sehr nett", fuhr Daniel fort. Ein weiteres Schnurren von Asin. „Sie hat uns sogar eine warme Mahlzeit für heute mitgegeben."

„Mmmmrrmmm.“

„So ist das also mit Müttern?“, fragte Daniel. Da seine eigene vor so langer Zeit gestorben war, dass er sich nicht einmal mehr an ihr Gesicht erinnern konnte, und an seinen Vater, als er noch ein Kind war, war die ganze heimelige Atmosphäre ein kleiner Schock für den Abenteurer.

„Die meisten.“

„Wir sind jetzt im Wald. Sei still“, sagte Bjarne, der neben den beiden Abenteurern ging.

Daniel schenkte Bjarne ein kurzes Lächeln, bevor er schwieg. Nicht, dass er den Grund dafür verstanden hätte. Zwischen den Pferden, ihrem Geschirr und Gepäck und dem Getrampel der zahlreichen Expeditionsmitglieder war es nicht so, dass ihre kleine Gruppe leise war. Auch wenn sie einen großen Teil der Händler zurückgelassen hatten, die kein Talent darin hatten, sich lautlos zu bewegen, waren sie keine leise Gruppe. Jedes Monster, das sie suchte, würde sie leicht finden.

Andererseits ging es wahrscheinlich eher darum, dass die Wachen eine mögliche Gruppe aus dem Hinterhalt hören konnten, als darum, dass die Gruppe nicht auffiel. Oder ein bisschen von beidem, denn der Lärm der Gespräche zwischen den zehn Mitgliedern der Expedition würde sich noch weiter ausbreiten.

Wenn er so weit in seinen Gedanken war, musste Daniel zugeben, dass es gute Gründe gab, ruhig zu sein. Es war ja nicht so, dass der Wald sicher war. Monsterangriffe waren so gut wie vorprogrammiert. Auch die Zahl der Pflanzen, die als gefährlich galten, war hoch — von hängenden Lianen, die auf Körperwärme reagierten und ihre Beute einwickelten, bis hin zu giftigen Baumgruppen, die Reisende unter ihren Ästen in den Schlaf wiegen konnten.

Trotz allem gab es auch Schönheit. Als ehemaliger Bergmann war Daniel mit den Tiefen eines Berges vertrauter als mit den Weiten des Waldes, aber er hatte schon so einiges gesehen. Doch der Große Wald von Pirin hatte seinem Namen alle Ehre gemacht. Die Vegetation war üppig und prächtig, und Blumen, die so groß wie sein Kopf waren, verströmten zusammen mit faustgroßen Früchten den herrlichsten Blütenduft. An seiner Seite hatte Asin die Schale einer Mangsteen gefunden und schälte sie ab —

eine mutierte Pflanze, die einer Mango ähnelt, aber eine dickere, pelzige Schale hat. Das Fruchtfleisch der Mangsteen löste sich in festen Scheiben, während Asin ihre Klauen mit großer Wirkung einsetzte und das süße Fruchtfleisch ohne Pause in den Mund steckte.

„Könnte giftig sein", murmelte Daniel zu seiner Freundin.

Asin schnupperte und zeigte dann auf Sumuhan. „**Gifterkennung**."

„Wirklich?", sagte Daniel und zog eine Augenbraue hoch. Das war ein interessantes und einzigartiges Skill. Es war keiner, der unter Abenteurern, die in Dungeons gingen, von großem Nutzen war. Kluge Abenteurer trugen einfach eine Menge Giftresistenztränke bei sich und gingen davon aus, dass die meisten Dinge vergiftet sein würden – aber hier draußen konnte er sehen, wie nützlich sie sein konnte. Natürlich stellte sich dann die Frage, welche Art von Skill man üben musste, um diesen zu erlangen.

Asins Antwort bestand darin, dass sie Daniel eine ungeschälte Frucht hinhielt. Es gab ein kurzes Zögern, bevor Daniel die Frucht in die Hand nahm und sein Messer zückte, um sie zu schälen. Natürlich hörte er nicht auf, ihre Umgebung zu beobachten, aber im Moment hatten die beiden keinen Wachdienst.

Die Mangsteen war leicht zäh und extrem süß, der Geschmack der Frucht erfüllte seinen Mund. Jeder Bissen erfrischte den Geschmack, eine schöne Erleichterung, während er die Gegend absuchte. Gelegentlich hörte Daniel das Zwitschern der Vögel in der Ferne und das unaufhörliche Summen der Insekten. Aber insgesamt war es ein friedlicher Spaziergang — bis jetzt. Nicht, dass Daniel etwas anderes erwartet hätte — so nahe am Dorf hätten die meisten großen Raubtiere gelernt, die Gruppe zu meiden. Nein, die wirkliche Gefahr würde erst später auftauchen, in den wahren Tiefen des Waldes.

✳✳✳

Spät in der Nacht kroch Rob aus dem feuchten Zelt, in welchem er versucht hatte, einzuschlafen, und stöhnte, als er sich aufrichtete. Als Zauberer konzentrierten sich seine Attribute hauptsächlich auf Intelligenz und

Willenskraft. Sicher, als Abenteurer hatte er ein paar seiner zusätzlichen Skillpunkte in Verfassung gesteckt, aber es war nicht so, als wäre das auch nur von untergeordneter Bedeutung gewesen. Das bedeutete, dass der ständige, nicht enden wollende Spaziergang, der dieser Tag gewesen war, ihn mit ständigen Schmerzen in den Füßen und im Hintern zurückließ. Statt in einem bequemen Bett musste er nun in einem feuchten, stickigen Zelt mit einer schimmeligen Bettrolle schlafen.

„Entweder bist du nass oder trocken", brummte Rob vor sich hin. Der Selkie verbarg ein Gähnen und humpelte zum nächsten Kamin hinüber. „Diese Feuchtigkeit ist lächerlich."

„Da sind wir uns einig", sagte Vivian. „Ich wünschte, ich hätte einen Kühl- und Trocknungszauber."

„Mmmm …" Robs Augen verengten sich in Gedanken. Nach einem kurzen Moment der Überlegung schüttelte der Selkie den Kopf. „Das ist es nicht wert. Du müsstest mindestens vier Ankerpunkte und eine zentrale Verzauberung verwenden …"

„Du bist der Zauberer, richtig?", sagte Vivian. „Ich bin Vivian. Wir hatten noch nicht viel Gelegenheit, uns zu unterhalten."

„Ja, das bin ich. Und du bist die Hexenmeisterin", sagte Rob.

„Du hast nicht gespottet."

„Sollte ich?"

„Die meisten Magie tun das."

„Ich bin kein Magier", sagte Rob. Als Vivian ihn weiterhin neugierig anstarrte, lenkte Rob ein und fügte hinzu: „Bei den Selkies gibt es nicht viele Magier. Die meisten, die die Skills und den Wunsch haben, in einer strukturierten Form zu lernen, werden Zauberer wie ich. Diejenigen, die magisch begabt, aber weniger akademisch veranlagt sind, werden entweder Schamanen oder Hexenmeister wie du."

„Oh", sagte Vivian. „Das habe ich nicht gewusst. Aber …"

„Frag, wenn du vorhast zu fragen."

„Warum Zauberer?" Vivian deutete auf Robs Körper. „Wenn du, du weißt schon …"

„Verwandelt bist."

„Genau, das. Du kannst doch nicht wirklich, du weißt schon, deine Verzauberungen mit dir herumtragen, oder?"

Als Antwort schnippte Rob mit den Fingern. Von hinten und um seine Robe herum schwebten seine verzauberten Stacheln, drehten sich und schwebten neben seinem Körper. Vivians Augen weiteten sich und verengten sich dann, als sie über die Auswirkungen nachdachte.

„Aber aurische Verzauberungen …"

„Sie können so erschaffen werden, dass sie mit Selkie-Häuten verschmelzen und sich verwandeln", sagte Rob. „Die Gesten und Beschwörungen eines Magiers sind viel komplizierter und einschränkender. Verzauberungen, richtig erschaffene Verzauberungen, erlauben es dir, mehrere Effekte zu überlagern. Ein Zauberer kann, wenn er genug Zeit und Mittel hat, jeder Bedrohung begegnen." Vivians Lippen kräuselten sich leicht, als sie sah, wie Rob leidenschaftlich wurde. Als Rob merkte, was er tat, errötete er und senkte dann den Kopf. „Tut mir leid."

„Nicht nötig. Es war irgendwie süß."

Rob wurde noch röter und wandte den Blick von der Hexenmeisterin ab. „Und du? Warum hast du dich entschieden, eine Hexenmeisterin zu werden?"

„Geld", sagte Vivian schlicht.

„Geld?"

„Zauberbücher sind teuer. Zauberunterricht ist sogar noch teurer. Ich habe genug gelernt von meinem … nun ja … ich habe genug gelernt, um meinen ersten Zauber zu sprechen. Und das hat mir gereicht, um die erste Ebene des Alanora-Dungeons zu überwinden. Dann bin ich aufgestiegen und habe die als Skilloption für Zauberer bekommen und, na ja, das hat mir einen zweiten Zauber ermöglicht." Vivian zuckte mit den Schultern. „Ich brauchte das zweite Level, und niemand wollte einen Magier mit einem Zauber. Aber ein Zauberer mit zwei? Das war nützlich."

Rob neigte den Kopf zum Dank für ihre Geschichte. Allzu oft waren die Dungeons die Müllhalde der Städte. Es war keine direkte Politik, aber wenn man arm und hungrig war und die Anmeldegebühr aufbringen konnte, schien der Dungeon ein Leuchtfeuer der Hoffnung zu sein. Es gab sogar Raubtiere, Geldverleiher und Ausbilder, die die Verzweifelten ausbeuteten, indem sie ihnen gerade so viel beibrachten und liehen, dass ihre Opfer in den Dungeon gehen konnten. Die hohen Zinssätze führten dazu, dass sich diese Unglücklichen oft gezwungen sahen, immer tiefer in die Dungeons einzutauchen, und zwar schneller, als sie mit ihren dürftigen Skills mithalten konnten. Auf diese Weise lösten sich die Probleme der Überbevölkerung und der Obdachlosen von selbst, insbesondere in einigen der rücksichtslosesten Städte.

Als die beiden verstummten und Rob versuchte, ein Gähnen zu verbergen, wurde ihre Aufmerksamkeit auf ein Licht gelenkt, das auf sie zuhielt. Es bewegte sich hin und her, glitzerte in allen Schattierungen von Purpur und Blau, einem sich verändernden, lebendigen Violett und einem sich verändernden Himmel. Kurz darauf gesellte sich ein zweites Licht dazu, das flammende Rot einer Rose bis hin zu den sanfteren, freundlicheren Farben eines Sonnenuntergangs. Dann ein drittes, aber dieses glitzerte in den Schattierungen von Gold und reifem Getreide. Als immer mehr Lichter auftauchten und sich zu den ersten gesellten, wurde der einst dunkle Lagerplatz lebendig und hell.

„Scheiße ... Das sind Monster", sagte Rob, als ihm die Erkenntnis dämmerte, als er aus seiner Starre wachgerüttelt wurde. Er streckte eine Hand nach einem seiner verzauberten Bälle aus, um die Monster mit einem Flächeneffekt anzugreifen. Doch dann fiel eine Hand auf seine.

„Stopp", sagte Tula.

„Was ...?"

„Sie sind harmlos."

„Bist du sicher?", sagte Rob mit Zweifel in seiner Stimme. Seiner Erfahrung nach war alles, was so schön, so fesselnd war, nur das Vorspiel für einen Angriff.

„Die Sylphina-Engel sind natürliche Kreaturen, die sich durch den Aufenthalt im Großen Wald verändert haben. Diese Art erscheint nur hier, in diesem Wald", sagte Tula. Sie streckte die Hand aus, und eines der Lichter leuchtete auf ihrer Hand, seine Flügel flatterten auf ihren Fingern. „Ihre Lichter sind völlig harmlos." Tula hielt inne, ihre Stimme wurde leiser, als sie die Schmetterlinge anstarrte, bevor sie hinzufügte: „Als ich jünger war, gab es Hunderte, Dutzende von ihnen. Eine zufällige Mutation, verursacht durch Mana. Aber es ist eine gutartige Mutation, eine nutzlose Mutation. Und es macht sie leichter zu essen, also …“

„Sie sind ausgestorben“, sagte Vivian mit leiser, trauriger Stimme. Tula schaute zu dem anderen Mädchen hinüber, das die Hand ausstreckte und den Schmetterling anstarrte, der auf ihrer Hand gelandet war und so schön glitzerte und glänzte. Und verhängnisvoll.

„Ja“, antwortete Tula leise. So leise, dass Rob sie kaum hören konnte.

Gemeinsam beobachteten die drei die Schmetterlinge, die schweigend um das Lager flogen. Die Wachen waren von Tula gewarnt worden, und so griff keiner von ihnen ein. Doch schon bald, zu bald, wie es schien, flogen die Schmetterlinge ab und verließen den Lagerplatz auf der Suche nach Nahrung. Sie ließen ein Trio von Abenteurern zurück, die etwas Schönes und Tragisches gesehen hatten. Etwas Vergängliches.

„Rob?“, sagte Vivian und sah den Selkie an.

„Nichts“, sagte Rob, wandte sich von den Frauen ab und wischte sich über sein Gesicht. Blöde menschliche Gestalt. Er winkte ihnen zu und verabschiedete sich von der Gruppe. Nicht, weil er sich für seine Tränen schämte. Nicht unbedingt. Aber ein Teil von ihm erinnerte sich an die Quallenwolken, an das schöne, tödliche Schauspiel, das sie darstellten. Und es tat ihm weh, wieder zu Hause zu sein. Das Meerwasser auf seiner Haut zu spüren, zu treiben und zu schwimmen und zu tanzen. Er wusste, dass er das nicht konnte. Nicht jetzt. Vielleicht nie wieder.

Und so kroch Rob lieber in ein zu heißes, zu feuchtes Zelt, als es zuzugeben.

***

Eineinhalb Tage später erreichte die Gruppe den Fluss, der in den Rybachly-See mündet. Der von einem Gletscher gespeiste Fluss aus dem Tatra-Gebirge würde schließlich das Meer erreichen, allerdings nicht, bevor er sich mit einem anderen Fluss vereinigte. Um den kalten, kobaltgrünen Fluss herum wuchsen Erlen und Weiden, die so tief hingen, dass sie oft das Wasser berührten und das Flussufer beschatteten.

„Rangerin?", sagte Sava, als Tula zu der Gruppe hinüberkam.

„Vor uns gibt es eine geeignete Stelle, um Wasser aufzufüllen und sich für das Mittagessen auszuruhen", sagte Tula. Sava nickte, und in kurzer Zeit machte sich die Gruppe auf den Weg zu dem kleinen, natürlichen Strand, den Tula gefunden hatte. Während die Träger und die designierten Köche das Lagerfeuer vorbereiteten, beobachteten die Abenteurer abwechselnd den Fluss und den Wald, bevor sie ihre Wasserflaschen auffüllten.

Als Daniel mit seiner Flasche am Fluss kniete, behielt er die plätschernde Flüssigkeit genau im Auge. Eine der gängigsten Verzauberungen, die jeder Langzeitreisende kaufte, war eine verzauberte Wasserflasche, um die lebensspendende Flüssigkeit von den schmutzigen und verunreinigten Wasserquellen zu reinigen. Abgesehen von so banalen Dingen wie Krankheitserregern waren die zahlreichen Parasiten, die im Wasser lebten, das größere Problem. Viele von ihnen waren so klein, dass sie mit bloßem Auge nicht zu erkennen waren, aber sie konnten, sobald sie sich in einem Magen-Darm-Trakt festgesetzt hatten, wachsen und sich vermehren. Zunächst nahmen sie nur Nährstoffe auf, aber mit der Zeit wuchsen sie so stark, dass sie begannen, sich aus ihrem Wirt herauszufressen. Viele dieser Monster waren aufgrund ihrer besonderen Wachstumsbedingungen sogar mächtiger als normale Monster. Als Heiler hatte Daniel mit mehr als einem dieser Fälle zu tun, wobei der anschaulichste Fall der war, als er dabei half, ein neunjähriges Kind aufzuschneiden, um ein sich windendes, vielbeiniges Monster herauszuholen. Nur durch die Kombination mehrerer Heilzauber und einen Hauch seiner Gabe war es ihnen gelungen, das Mädchen zu retten.

Kaltes Wasser rauschte über seine nun tauben Finger, und Daniel erwachte aus seinen Erinnerungen. Während er die Flasche verschloss und sich vergewisserte, dass die Verzauberung noch funktionierte, fragte sich der Abenteurer, warum die Schrecken, die er als Heiler sah, lebendiger und dringlicher waren als die, die er auf seinen Abenteuern erlebte. Lag es daran, dass er die Monster im wirklichen Leben einfach weghauen konnte, während die Schrecken des Alters, versehentliche Amputationen und doppelt infizierte Verletzungen bestenfalls durch Zauber und Gabe geheilt werden konnten? Und in den meisten Fällen konnten sie nur verbunden, dosiert und langsam behandelt werden.

„Etwas kommt!" Craigs raue Stimme unterbrach Daniels Grübeleien. Eine Bewegung ließ die Wasserflasche in sein Inventar gleiten, während Daniel seine Hand zu seinem verzauberten Hammer sinken ließ und seinen Schild abnahm. Verzaubert vielleicht, aber bis jetzt hatte er noch kein zweites Monster „gefangen". Die geringe Wahrscheinlichkeit eines Fangs machte die Waffe nicht gerade ideal.

Als Elisa und Sumuhan mit Bogen und Speer ankamen, folgte Daniel ihren Blicken zu der Bedrohung, die Craig entdeckt hatte. Die Ungeheuer sahen aus wie verzerrte Baumstämme, dunkelbraun mit grünen Reflexen, und man konnte sie nur am trägen Flattern der Flossen erkennen. Als ob sie merkten, dass ihr Überraschungsangriff entdeckt worden war, beschleunigten die Monster, und die Flossen schlugen Wellen, während das führende Monster gähnte.

Lange, kantige Schnauzen verbreiterten sich, während sich die Kiefer immer weiter voneinander entfernten, und gezackte Zähne auf einem schlanken, fischartigen Körper präsentierten. Als sie sich weiter bewegten, erkannte Daniel, dass diese Rückenflossen zu stämmigen, muskulösen Beinen gehörten, die jetzt ausschlugen, um das Monster näher zu bringen.

Erwachsener Cipactli (Level 16)
HP: 170/170

Informationen blitzten vor Daniels Augen auf, als er das Monster richtig sah. Er nahm seinen Schild ab und wich etwas vom Wasser zurück, als die anderen zu feuern begannen. Ein Pfeil zischte vorbei und prallte an den Schuppen ab, bevor ein schwerer Speer die Haut des führenden Monsters durchbohrte. Er blieb kurz im Fleisch stecken, bevor sich das Cipactli umdrehte, den Speer abwarf und seinen Kameraden erlaubte, es zu überholen.

Im flachen Wasser bekamen die Cipactli nun die Beine und stießen nach oben, um sich in den Himmel zu stürzen. Als ein ehemals unaufmerksamer Pförtner vor Schreck aufschrie, flogen Pfeile und ein verzauberter Stachel auf die Monster zu.

„Zurück! Überlasst sie den Abenteurern", befahl Sava und trieb seine Leute zurück.

Daniel grunzte und eilte zu den beiden hinüber, die es geschafft hatten, ohne Schaden zu nehmen zu landen. Am Boden waren die Cipactli eine seltsame Mischung aus Krokodil, Fisch und Kröte, von brauner Natur. Was er einst für die Ränder von Schuppen gehalten hatte, öffnete sich in der Luft und enthüllte zahlreiche, schreiende Mäuler.

„Sie spucken Gift!", rief Tula warnend.

Nicht einen Moment zu früh, denn die zahlreichen Mäuler begannen, Flüssigkeit auszuspritzen. Daniel hielt seinen Schild vor sich, während er hinter dem hölzernen Schutz kauerte. Selbst als die Flüssigkeit auf den Boden fiel, tränten Daniels Augen von den giftigen Gasen, die sie ausströmte.

„Kämpft gegen sie aus der Ferne!", rief Craig.

Hinter Daniel ertönte das Geräusch des letzten Cipactli, das an der Küste landete. Doch dafür hatte er keine Zeit, denn das Monster, das es auf ihn abgesehen hatte, beschloss, sich auf den Heiler zu stürzen.

„Warum ich?", schrie Daniel wütend und frustriert, während er sich zurückzog. Da sie sich mit hoher Geschwindigkeit bewegten, hatte Daniel nur den Brustpanzer seiner Plattenrüstung getragen; der Rest seiner Rüstung gehörte zu seinem Lederset. Sie war völlig unpassend, aber unpassend war besser, als in einer stickigen und schweren Eisenplatte in brütender Hitze zu sterben. Vielleicht würde er bei seinem nächsten Aufleveln endlich die Chance bekommen, ein dringend benötigtes Komfort-Skill für schwere Rüstungen zu erwerben. Bis dahin musste er einen Kompromiss zwischen Verteidigung und Zweckmäßigkeit eingehen.

Hinter seinem Schild kauernd, warf Daniel gelegentlich einen Blick über den Rand des

Schildes. Jedes Mal entging er nur knapp einem Giftspritzer und zwang den Heiler, immer wieder auszuweichen. Als ein Fuß auf einer Wurzel landete, zögerte Daniel, um sein Gleichgewicht wiederzufinden. Diese kurze Pause genügte dem Cipactli, um sich in Bewegung zu setzen, wobei winzige Krallenflossen an den Rändern seines Schildes krabbelten und ihn herunterzogen.

Über den Rand seines Schildes hinweg begegnete Daniel dem Blick des Cipactli, dessen tiefliegende, bösartige Augen den Heiler zurückstarrten. Das Monster öffnete sein Maul und unterbrach den Blickkontakt, als es sich darauf vorbereitete, Daniel direkt mit Gift zu bespucken. Instinktiv warf Daniel seinen behelmten Kopf nach vorn und zerschmetterte das Maul des Monsters mit seinem eigenen Giftspray, während er der Kreatur einen Kopfstoß versetzte.

Leider wurde nicht alles von dem kräftigen Sprühnebel zurückgehalten, und Teile der Flüssigkeit und Dämpfe trafen Daniels Augen. Im Augenwinkel, in seinem Kopf, blitzte eine Meldung auf.

Du bist vergiftet.
-5 HP pro Sekunde für 4 Minuten.
Du bist teilweise blind.

Der Heiler taumelte knurrend nach hinten und schlug mit der eingeklemmten Hand zu, während er sein **Schildschlag**-Skill abrief. Das Cipactli, das sich auf dem Schild befand, wurde nach vorne geschleudert und verlor seinen Halt, nahm aber durch den Angriff kaum Schaden. Es erlaubte Daniel, sich zurückzuziehen und auf die Knie zu fallen, wobei er sich mit der Hammerhand über die tränenden Augen wischte. Schmerz pulsierte durch sein Gesicht, drang von den Nerven um sein Gesicht und seinen Atemwegen ein, blitzte nach unten und zwang Daniels Körper, sich zusammenzuziehen, während er das Gift abwehrte.

Ein fleischiger Aufprall vor Daniel erinnerte den Heiler daran, dass der Kampf noch im Gange war. Als Daniel versuchte, sich zu erheben, legte sich eine Hand auf seine Schulter.

„Bleib unten, Heiler. Heile dich selbst. Ich werde dich beschützen", sagte Uppulu, dessen

Stimme von Daniels Seite kam. „Du wirst bald gebraucht werden."

Daniel senkte zustimmend den Kopf und zwang sich, sich zu beruhigen und den Schaden zu begutachten. Brennende Haut und Nerven, also kein betäubendes Gift. Es schien die Haut zu durchdringen. Die Art und Weise, wie es in seiner Kehle schmerzte, zeigte, dass es sich auch leicht in der Luft verbreiten konnte. Eine Hand zauberte seine Wasserflasche herbei, und Daniel hob den Kopf, während er sich das Wasser über das Gesicht goss, um einen Teil des Giftes wegzuspülen.

Giftwirkung und -dauer reduziert
Teilweise Erblindung reduziert.
-3 HP pro Minute

„Benutzt Wasser. Feuchte Tücher über den Mund", krächzte Daniel und gab einen Ratschlag. Während er sich die Tränen wegblinzelte, schielte Daniel durch verschwommene Augen, um den Kampf zu beurteilen. Von den beiden Cipactli lag einer auf dem Boden, aufgespießt von einem Speer, und zuckte, unfähig, sich zu bewegen. Der zweite kämpfte noch immer, aber sein Hinterbein war zerschmettert worden und ein Trio von Pfeilen ragte aus seiner Seite heraus, die ihn langsam töteten. Der Leichnam des ehemaligen Hauptmonsters trieb den Fluss hinunter.

Noch während Daniel sich auf die Beine kämpfte, sah er, wie Vivian einen Flammenpfeil in ein offenes Maul schickte, der es versengte und das Monster dazu brachte, sich verzweifelt zu winden. Die Ablenkung genügte Craig, um der Kreatur den Garaus zu machen, indem er nach vorne sprang und sie mit seiner Waffe aufspießte.

„Oder, ihr wisst schon, es töten", sagte Daniel. Er nahm einen Schluck Wasser und gurgelte, bevor er die kontaminierte Flüssigkeit ausspuckte und einen weiteren Schluck nahm. Er spürte wieder einen Schmerzimpuls, als das Gift an seinen Nerven fraß, aber er schüttelte ihn ab, während er nach dem Verletzten suchte.

Dort.

„Reinige die Wunden mit Wasser", befahl Daniel dem Mann, während er nach vorne taumelte. Als Uppulu nach seinem Arm griff, bemerkte Daniel eine weitere Nebenwirkung – eine Störung des Gleichgewichts. „Oder wo auch immer er getroffen wurde …"

„Daniel?", sagte Rob, der sich von der Seite näherte. „Kann ich irgendetwas tun?"

„Nein", sagte Daniel und schüttelte den Kopf. „Zeit. Das ist alles. Glaube ich."

„Heilungszauber?", sagte Sava. Er sah besorgt aus, denn die beiden anderen Verletzten waren Händler wie er und hatten im Vergleich zu den härteren Abenteurern nur wenig Gesundheit.

„Warte", sagte Daniel. Er hustete, drehte sich zur Seite und spuckte einen Klumpen Blut und Speichel aus, bevor er einen weiteren Schritt nach vorne machte. „Heilzauber mit Gift heilen um das Gift herum. Manchmal verlängert sich dadurch die Dauer des Schadens."

„Was sollen wir dann tun?", fragte Sava.

Anstatt Sava zu antworten, ließ sich Daniel neben den beiden verletzten Händlern nieder. Seine Hände bewegten sich, schoben die Körper hin und her, sein Blick fuhr über die gerötete Haut, sein Atem ging flach und schnell. Er runzelte die Stirn, als ihm klar wurde, dass der

Schmerz in seinem Hals und seiner Brust nicht nur von dem ersten Angriff herrührte.

„Bewegt sie. Wir. Es liegt Gift in der Luft", sagte Daniel. Die Konzentration war zu gering, um mehr zu bewirken, als die Gesunden und Unversehrten zu irritieren. Aber bei denen, die bereits vergiftet waren, würde es wahrscheinlich nicht viel nützen. Es war besser zu gehen.

„Rangerin!", rief Sava.

„Hier entlang", sagte Tula, als sie aus dem Wald auftauchte. Im Gegensatz zu den anderen war die Rangerin unterwegs, um den besten Weg zu finden.

In kürzester Zeit wurden die Verletzten zur Seite geschoben und weggetragen, anstatt sie gehen zu lassen. Daniel lehnte zusätzliche Hilfe ab und blieb stattdessen bei den Verletzten. Selbst als er ging – eine Hand auf der improvisierten Trage, die andere von Uppulu gehalten – schickte Daniel seine Gabe in sich hinein.

Gift. Es war leicht zu spüren, leicht zu finden. Es war ein böses Gift, aber zum Glück eines, das der Körper abbauen konnte. Daniel konnte bereits sehen, wie die Nieren und die

Leber hart arbeiteten, um die Spuren des Giftes, auf die sie trafen, aufzunehmen und ihnen entgegenzuwirken. Glücklicherweise neutralisierte sich auch das Gift selbst, während seine Konzentration abnahm. Daniel überlegte kurz, dann schickte er seine Gabe tiefer in sich hinein und spürte, wie eine Erinnerung verschwand, während er die Schäden um seine Augen herum beseitigte.

„Also, Heiler. Prognose?", fragte Sava. Daniel neigte den Kopf zur Seite und beobachtete, wie Sava eine blaue Flasche an seiner Seite streichelte.

„Zeit", sagte Daniel. „Zwei bis vier Stunden, bis das Gift abklingt. Sie sollten überleben. Sobald das Gift weg ist, werde ich sie alle mit Heilzaubern belegen. Danach brauchen sie zu essen und zu trinken und vorzugsweise Ruhe."

Sava klopfte Daniel zum Dank auf die Schulter, bevor er zu den Verletzten hinüberging und den beiden tröstende Worte zusprach. Uppulu, der das Gespräch mitgehört hatte, blickte Daniel an.

„Du läufst schon ein bisschen besser", sagte Uppulu.

„Ich habe mich selbst geheilt", sagte Daniel. Dann, auf Uppulus hochgezogene Augenbraue hin, fuhr er fort. „Ich kenne meinen Körper. Ich kann den Zauber leichter in mich hineinführen, weil ich es selbst bin."

„Interessant. Können das alle Heiler tun?", fragte Uppulu.

„Ja. Außerhalb unseres Körpers müssen wir uns auf den Zauber selbst verlassen, um die Heilung durchzuführen. Zumindest auf meinem Level." Daniel hielt inne, dann lächelte er reumütig. „Bessere Heiler, echte Heiler, sind darauf trainiert, Heilzauber langsam auseinanderzunehmen und die Anteile zu manipulieren. Mit der Zeit können sie sogar einen einfachen Heilzauber doppelt oder dreifach so effektiv machen."

„Interessant. Das ist also der Grund, warum die erfahreneren Heiler mehr für die gleichen Zaubersprüche verlangen."

„Meistens. Man muss sich auch über die Regenerationsraten Gedanken machen", sagte Daniel. Das war, wie immer, die größte Sorge. Ein kleiner Zauberspruch war kein Problem und konnte in zehn oder zwanzig Minuten regeneriert werden. Aber die Kranken und Verletzten nahmen kein Ende und die Manapools auch nicht. Irgendwann würden selbst *kleine* Zauber einen Heiler völlig auslaugen, sodass er nicht mehr in der Lage war, die mächtigeren und wirksameren Zauber anzuwenden. Daher bewerteten viele Heiler ihre kleineren Heilzauber als einen Teil der mächtigeren Zauber, um deren Einsatz zu rechtfertigen.

„Pass auf, wo du hintrittst", warnte Uppulu Daniel, der sich mit einem Grunzen bedankte und über eine ziemlich große Fäkalienablagerung stolperte. Daniel sparte sich den Atem und folgte schweigend, während er im Geiste den Zauber und mögliche Anpassungen, die er vornehmen konnte, aufzeichnete. Er war zwar kein echter Heiler, aber er kannte sich mit dem Zauber und dem Gift aus. Eine kleine Optimierung hier und da würde helfen.

Kapitel 11

Drei Tage nach dem Angriff der Cipactli erreichte die Gruppe den See. Der Rybachly-See war groß und von einem ruhigen Blau, das auf der einen Seite von Lotusblumen und auf der anderen Seite von steilen Felswänden begrenzt wurde. Tula führte die Gruppe zu einer Lichtung in einiger Entfernung vom See, wo sie sich ausruhen konnten, ohne dass es zu weiteren Angriffen kam. Im Laufe einiger Tage hatten sich die Verletzten zwischen Schichtzaubern und Ruhe vollständig erholt.

Nachdem das Lager errichtet und Schutzwälle und Fallen aufgestellt worden waren, berief Sava eine Versammlung ein, um die Ziele der Gruppe für die nächsten Wochen festzulegen. Sie würden den See als einfache Wasserquelle nutzen und in dieser Zeit auch Monster und Tiere jagen, die aus dem See tranken. Die Erntehelfer würden die Flüsse und das Lager umrunden und nach seltenen Kräutern und Pflanzen suchen, die sie mitbringen sollten.

„Zum Schluss, Prek. Du und Ger baut das Boot auf. Ihr werdet unseren Proviant mit eurem

Fang aufstocken, also achtet darauf, dass ihr viel fangt", sagte Sava.

„Ihr habt ein Boot?", sagte Omrak und sah sich auf dem Lagerplatz um.

„In meinem Lager", sagte Prek, ein älterer, pummeliger Kaufmann, der erstaunlich gut mit der Gruppe Schritt gehalten hatte. **„Klein – Fischerhafen** lässt mich ein Boot lagern, um es zu schützen."

„Du bist ein Fischer?", sagte Craig und runzelte die Stirn, als er Prek betrachtete.

„Level 14", sagte Prek stolz.

„Wenn er mehr Zeit mit dem Verkaufen verbringen würde, wäre er ein besserer Händler", sagte Sava und schüttelte den Kopf.

„Ah, aber dafür bist du doch da, oder?", sagte Prek und schnaubte. „Außerdem, wer will sich schon mit all dem Ärger herumschlagen?"

„Und deshalb sitzt du immer noch fest", sagte Sava mit einem Naserümpfen. „Nun zu den Abenteurern. Wir werden eure Gruppen aufteilen müssen. Wir haben drei Gruppen, von denen wir euch zur Bewachung brauchen, das Basislager nicht mitgerechnet. Also, wir haben uns Folgendes überlegt …"

Daniel lehnte sich vor und spitzte die Ohren, als er Craigs Vorschlag hörte. Bei den Jägern wollte Sava, dass die Fernkämpfer, also diejenigen mit Bogen und Magie, ihre Beute in kurzer Zeit jagen und erlegen. Ansonsten sollten die Nahkämpfer relativ gleichmäßig auf die Sammler und das Basislager verteilt werden, und nur ein einziger Abenteurer sollte auf dem Boot sein.

„Und das wären dann abwechselnd ich, Rob, Omrak und Sumuhan auf dem Boot", sagte Craig.

„Ich fürchte, das ist nicht klug, Held Craig", sagte Omrak.

„Warum?", sagte Craig.

„Ich kann nicht schwimmen", gab Omrak zu.

„Oh. Hm. Ähm … Daniel?", sagte Craig.

„Ich kann das übernehmen. Ich muss zwar meine Rüstung wechseln, aber das sollte kein Problem sein", sagte Daniel.

„Gut", sagte Craig und sah zu Sava hinüber, um sich zu vergewissern, dass der Händler zufrieden war, bevor sie zustimmten. Rob, der neben Omrak saß, runzelte die Stirn und bedrängte seinen Freund.

„Wie kannst du nicht schwimmen können?", sagte Rob ungläubig.

„Weil ich es nie gelernt habe." Als er sah, dass Rob immer noch verblüfft war, fuhr Omrak fort. „Ich habe doch in den Bergen gelebt, oder?"

„Aber, Seen? Flüsse?"

„Eiskalt. Du bist eingetaucht und hast dich gewaschen, aber du bist nicht geschwommen."

„So kalt ist es nicht."

„Für euch vielleicht", meinte Omrak. „Aber wir sind keine Selkie. Wir haben kein Fell und sind nicht so kälteresistent wie ihr."

„Aber …"

Bevor Daniel das Gespräch weiter belauschen konnte, war Craig schon zu ihm herübergekommen. „Für den ersten Tag würde ich es vorziehen, im Lager zu sein, um mit unerwarteten Problemen fertig zu werden. Wir werden am ersten Tag mehr Leute im Basislager brauchen." Tula erschien neben den beiden und sah zwischen ihnen hin und her. „Ja, Rangerin?"

„Ich gehe auf Erkundungstour", sagte Tula. „Nicht weiter als drei Kilometer vom Lager oder dem See entfernt. Bleibt nur an der Seeoberfläche."

„Klar", sagte Daniel.

Craig zog eine Grimasse, aber er nickte ihr kurz zustimmend zu. Nachdem die beiden genickt hatten, ging Tula zu Sava hinüber, um ihr Vorhaben zu bestätigen, bevor sie das Lager verließ, den Bogen auf dem Rücken und einen kleinen Rucksack dabei. Daniel sah ihr stirnrunzelnd nach, bevor er den Kopf schüttelte. Wenn er heute mit Prek zusammenarbeiten wollte, legte er am besten seine Rüstung ab.

***

Das Boot, das Prek herausholte, als sie einen geeigneten Strand fanden, war ein großes Ruderboot, groß genug, dass drei Personen auf ihren eigenen Bänken sitzen konnten. Daniel wurde in die Mitte geschickt, wo die Ruder lagen, nachdem er sich freiwillig gemeldet hatte, dass er tatsächlich rudern konnte. Sobald sie bereit waren, legten die drei ab, wobei Prek Daniel zu einem geeigneten Platz führte, der von einer überhängenden Felswand beschattet wurde.

„Gut, behaltet uns vorerst hier und wir machen uns an die Arbeit. Was meinst du, Ger, Krabbenfallen?", sagte Prek, als er das Fischernetz aus dem Stauraum holte, in dem es sich befand. In kürzester Zeit überprüfte der Fischer das Netz und bereitete es für das Einwerfen vor.

„Krabbenfallen", stimmte Ger zu. Noch während er sprach, bereitete er die Krabbenfallen vor, indem er Stücke von Innereien hineinlegte und sie mit Haken am Boden der Falle befestigte, bevor er die Falle mit einem leichten Wurf ins Wasser beförderte. Zu Daniels Überraschung ließ Ger tatsächlich das Seil los und die gesamte Falle davonfliegen. Erst als später ein kleiner Schwimmer auftauchte, der zeigte, wo sich die Falle befand, entspannte sich Daniel.

In der Zwischenzeit hatte Prek seine Vorbereitungen beendet, stand auf und balancierte auf dem leicht schwankenden Boot, bevor er das Netz ins Wasser warf. Er ließ das Seil in seiner Hand auslaufen, als das Netz sank, das sich beim Auswerfen gekonnt geöffnet hatte.

Daniel beobachtete dies alles mit Interesse, obwohl er sich gelegentlich misstrauisch nach weiteren Bedrohungen umsah. Sie hatten in Erwägung gezogen, Netze gegen die Kobolde einzusetzen, aber die Erfahrung hatte gezeigt, dass es schwieriger war, Netze zu werfen und sie zu treffen, als sie gedacht hatten. Letztendlich war der Einsatz des Steinbogens viel praktischer gewesen. Dennoch gab es vielleicht kleine Tipps für das Werfen dieser Waffen, die man lernen konnte, wenn man jemandem mit so viel Erfahrung zusah.

In kurzer Zeit holte die Fischergruppe den ersten Fang ein. Da sich zahlreiche Krabbenfallen in der Nähe befanden, wies Prek Daniel an, sich von diesen Fallen zu entfernen und an den Rändern der selbst auferlegten Grenze nach neuen Fischen zu suchen. Die Ausbeute war üppig. Die Gruppe verbrachte so viel Zeit damit, die Beute zu sortieren und zu lagern, wie mit dem Fisch.

„Noch ein Skill?", fragte Daniel neugierig, während Ger einen weiteren Fisch aus seinen Händen verschwinden ließ.

„Beute des Fischers", bestätigte Ger. „Prek hat seine Lagerkompetenz auf dem Boot benutzt. Ich habe meinen für den Schleppzug benutzt. So funktioniert es am besten."

„Das kann ich sehen", sagte Daniel. „Ich könnte etwas einlagern, wenn du willst?" Seine **Inventar**fähigkeit war begrenzt, aber abgesehen von einigen zusätzlichen Waffen und Überlebensausrüstung hatte Daniel seine gesamte Abenteuerausrüstung im Basislager deponiert, sodass ihm eine Kiste mit freiem Platz zur Verfügung stand.

„Nein. **Abenteurer-Inventare** halten den Geschmack nicht aufrecht. Zu warm", sagte Ger.

„Vergiss das nicht, Ger. Wenn wir ihm die Vorräte des Lagers überlassen, können wir mehr für den Verkauf einlagern", sagte Prek.

„In Ordnung. Also gut, du lagerst die, die ich dir gebe", sagte Ger. Kurzerhand reichte Ger Daniel einen rosa gestreiften Fisch, der etwa so groß war wie sein Arm. Daniel beobachtete, wie sich das Maul der Kreatur bewegte, als sie nach Luft schnappte, bevor er mit den Schultern zuckte und den Fisch wegwinkte.

Es dauerte zwei weitere Fischzüge, bis die erste größere Verzögerung eintrat. Das Netz war gebrochen, und ein großes Loch an einer Seite zeigte, dass ein aggressiverer Fisch entkommen war. Beide Fischer waren nicht sonderlich überrascht, und Prek machte sich sofort daran, das Netz zu reparieren, indem er Garn aus einem kleinen Beutel an seiner Seite hervorholte.

„Hier können wir den Anker werfen", sagte Ger, während er ein Paar Angeln suchte und fand. „Wir werden ein bisschen hier sein, bis Prek das Netz repariert hat."

„Was machst du da?", fragte Daniel, nachdem er den Anker geworfen hatte. Als er fertig war, hatte Ger den Köder ausgelegt und den Angelhaken im Wasser versenkt, bevor er Daniel die Angelrute anbot.

„Angeln. Mit den Ködern, die ich habe, kann ich vielleicht etwas Gutes fangen", sagte Ger.

„Aber ..." Daniel hielt inne.

„Wir sehen und spüren jeden Ärger, lange bevor er kommt", sagte Ger und tippte sich mit einem schleimigen Finger an den Kopf. **Meeressinn.** Wir haben ihn beide."

„Wozu braucht ihr mich dann?"

„Man kann nicht ohne Unterbrechung fischen. Und es ist schön, ein drittes Paar Hände zum Rudern zu haben“, antwortete Ger, während er seine eigene Rute auswarf. Nachdem er ein wenig damit gespielt hatte, fügte er hinzu. „Entspann dich. Unser Job ist der einfachste, den es gibt. Und bevor du fragst: Klar, wir haben ein Ersatznetz. Wir haben zwei. Aber ich bin schon zu zwei Dritteln voll. Mit dem Krabbenfang sind wir in einem Tag fertig. Es ergibt keinen Sinn, sich mit dem Fischzug zu beeilen. Es ist besser, etwas Gutes zu bekommen, als nur das Nichts aufzufüllen, verstehst du?“

„Nicht wirklich“, gab Daniel zu. Es schien eine andere Art zu sein, die Dinge zu erledigen, aber der Abenteurer musste zugeben, dass das Fischen auf einer Expedition wahrscheinlich ganz anderen Zwängen unterlag, als wenn er Bergbau betrieb. Ein kleiner Bergbaubetrieb bestand immer noch aus Dutzenden von Bergleuten. „Also, was jetzt?“

„Jetzt fischen wir“, sagte Ger grinsend, während er sich zurücklehnte. Er holte eine Flasche hervor, knallte den versiegelten Korken auf und nahm einen Schluck. Selbst aus einem Meter Entfernung konnte Daniel den Alkohol in der Flasche riechen. „Drink gefällig?"

„Nein. Ich glaube … nein." Daniel schüttelte den Kopf. Seine Aufgabe war es, für die Sicherheit der beiden zu sorgen. Als Daniel jedoch sehnsüchtig zusah, wie die beiden sich die Flasche teilten und sie untereinander austauschten, wünschte er sich, er wäre nicht so verklemmt. Nur ein bisschen. Aber Expeditionen waren gefährlich. Und er wollte nicht, dass ein anderer wegen seiner Unachtsamkeit verletzt wurde.

***

Im Lager schlich Asin um die kleine Vertiefung herum, die die Gruppe für ihren Lagerplatz gewählt hatte. Die Beastkin ließ sich von den eingestürzten Steinen abprallen und kletterte schnell auf die Spitze des abgenutzten Steins, um ihren Platz als Lagerwache einzunehmen. Vom zerstörten Mauerwerk aus betrachtete sie den steilen Abgrund, der sich daraus ergeben hatte, bevor sie etwas in ihrer Gürteltasche suchte. In kürzester Zeit hatte sie ein einfaches Warnsystem aus Schnur und Glocke aufgestellt und dann eine zweite, fiesere Falle direkt über dem Rand der Klippe angebracht. Zufrieden ließ sich die Catkin wieder ein paar Meter hinunterfallen.

In kürzester Zeit fand Asin einen bequemen Sitzplatz unter dem obersten Teil des umgestürzten Mauerwerks, nicht weit von ihrer Falle entfernt. Nachdem sie es sich bequem gemacht hatte, spannte Asin Daniels Armbrust aus und legte den Köcher neben sich, bevor sie sich hinunterbeugte, um ihre Uhr zu nehmen.

Rangerin hin oder her, Asin war sich nicht ganz sicher, ob sie mit der Wahl des Lagerplatzes einverstanden war. Sicher, die Vertiefung und das seltsam zerbröckelte Mauerwerk waren ein leicht zu verteidigender Ort – es gab nur zwei einfache Zugänge zum Lagerplatz, ohne dass man über dorniges und bröckelndes Mauerwerk klettern musste. Das machte den Lagerplatz äußerst verteidigungsfähig und sorgte außerdem dafür, dass der Schein ihrer nächtlichen Lagerfeuer nicht so weit zurückgeworfen wurde. Zusammen mit den Bäumen, die die Ränder der

Lichtung bedeckten, waren sie relativ gut versteckt.

Aber es bedeutete auch, dass es nur zwei Möglichkeiten gab, wegzulaufen. Das schien Asin eine schreckliche Idee zu sein, aber als die Catkin darüber nachdachte, seufzte sie.

„Bestie." Sie stieß einen Schrei aus, als sie das Problem erkannte. Sie dachte an Todfeinde, an empfindungsfähige Ungeheuer wie die listigen Kobolde oder die Echsenmenschen. Sie schlossen sich zusammen, liefen weg, stellten Fallen und kämpften geschickt. Aber ihre größte Sorge galt nicht den empfindungsfähigen Monstern, sondern den Bestien. Raubtiere, die vielleicht aggressiv waren und sogar ein wenig schlau waren, aber nicht die Fähigkeit besaßen, zu jagen und zu planen. In diesem Fall waren zwei Ausgänge wahrscheinlich von Bedeutung.

Das gefiel Asin allerdings immer noch nicht. Die Catkin betrachtete ihre Umgebung und kratzte abwesend mit einer Klaue über den zerstörten Stein. Für einen kurzen Moment flammte das Interesse der Abenteurerin auf, als sie auf den harten Stein hinunterblickte. Selbst jetzt, Jahrhunderte später, weigerte sich der

Stein, unter ihren scharfen Nägeln nachzugeben. Was hatte man hier gebaut? Ein ehemaliger Außenposten des Imperiums? Vor Jahrhunderten war das Imperium untergegangen. Doch davor hatte es seine Ranken über monsterverseuchte Länder ausgebreitet, den Höhepunkt der Zivilisation.

Die menschliche Zivilisation. Asins Lippen kräuselten sich leicht, als sie den unglücklichen Gedanken aussprach. Alte Geschichte, aber erst nach dem Untergang hatten sich die Beastkin aufgerappelt. Nicht, dass die Geschichte der Beastkin nur einseitig gewesen wäre. Einst waren sie sogar die stärksten Mitglieder der Armee gewesen.

Alte Geschichten. Tote Geschichten.

Asin schnaubte und verwarf die nutzlosen Gedanken. Das Hier und Jetzt war wichtig. Und die Zukunft. Die Vergangenheit war tot und konnte es auch bleiben. Besser, sie überlegte, was sie tun konnte, um sicherzustellen, dass sie nicht auch tot waren – falls die Erwartungen der Rangerin nicht erfüllt wurden.

***

Drei Tage später musste Daniel zugeben, dass die Expedition einen seltsamen Anfang genommen hatte. Nicht nur, dass die Zeit wesentlich friedlicher verlief, als er erwartet hatte, auch die Anzahl der Kämpfe, die die Gruppe auszufechten hatte, ließ sich an einem Finger abzählen. Das heißt, wenn man die Jagden nicht mitzählte.

„Ist das normal?", fragte Daniel Tula an diesem Abend, als sie zurückkam.

„Was meinst du?", antwortete die Rangerin und starrte den kräftigen Abenteurer an.

„Das Fehlen von Schlachten", erklärte Daniel.

„Wenn man einen Ranger hat, ja", sagte Tula mit einem Schnauben. „Unsere Aufgabe ist es, euch lebend zurückzubringen. Das bedeutet, dass wir die richtigen Routen finden, euch in den richtigen Gebieten lagern lassen und dann Fallen und Köder aufstellen, um Raubtiere fernzuhalten."

„Ist es das, was du getan hast?", sagte Daniel erstaunt. „Ich dachte, du wärst auf Auskundschaften."

„Das ist Auskundschaften. Ranger-Auskundschaften", sagte Tula und klopfte sich auf die Brust. „Wie auch immer. Das ist nur ein Ort vom Rang Orange."

„Was soll das heißen?", sagte Daniel mit einem Stirnrunzeln.

„Hmm … gut, es gibt ganz gewöhnliche Orte, Wälder ohne Rang und dergleichen. Dorthin reisen die meisten Dorfbewohner und Abenteurer", sagte Tula und tippte mit den Fingern. „Das heißt nicht, dass es keine Monster gibt, aber die Monster sind selten und werden im Allgemeinen von Abenteurern und Wachen in Schach gehalten. Dann gibt es die Basis-, Fortgeschrittenen- und höheren Wildnisgebiete. Wir ordnen sie auf dieselbe Weise wie die Gilde, um es einfacher zu machen. Aber ein einfacher Ort ist das, was man in den tieferen Teilen der nicht klassifizierten Wälder findet. Die Art von Gefahren, mit denen man normalerweise zu rechnen hat."

„Wir haben einmal gegen einen Schattenleoparden gekämpft", bot Daniel an.

„Genau. So ist es. Eine Art von Raubtier, nichts Großes. In fortgeschrittenen Gebieten gibt es ein breiteres Spektrum an Monstern, wobei das Raubtier mit der höchsten Bedrohung die Grenze der Gefahr markiert", sagte Tula. „In diesem Fall werden wir wahrscheinlich Monster der Klasse Orange sehen, wenn nicht sogar noch mehr."

„Warum sind wir dann so viele?", sagte Daniel und gestikulierte zu der großen Gruppe.

„Weil es die Wildnis ist", sagte Tula. „Noch etwa zehn Kilometer in diese Richtung und wir erreichen die Esman-Schlucht. Dort gibt es eine große grün-blaue Bedrohung. Und nur weil sie zehn Kilometer entfernt sind, heißt das nicht, dass die Raptoren nicht auch hierherkommen."

„Blau …" Daniel leckte sich über die Lippen.

„Grün einzeln, blau in der Gruppe", erläuterte Tula. „Die Nizhnye-Raptoren sind natürlich fliegende Kreaturen, daher erhalten sie einen höheren Rang. Sie sind halbwegs intelligent und verfügen über eine niedrige Gerissenheit, die sie nur diejenigen angreifen lässt, die verletzt sind oder von denen sie glauben, dass sie sie besiegen können. Außerdem verfügen sie über ein gewisses Maß an Luftelementarismus, der es ihnen ermöglicht,

Luftpanzer und Windklingen zu bilden. Die Rüstung macht es schwierig, sie mit Fernkampfwaffen zu treffen. Magie und mächtige, einmalige Angriffe sind die Empfehlungen."

„Bist du eine Enzyklopädie oder ein Mensch?", fragte Hjalmar, dem es irgendwie gelungen war, sich an die beiden heranzuschleichen.

„Diese Informationen sind das Minimum, die ein Ranger wissen muss", sagte Tula mit einem Schnüffeln. „Ich könnte dir auch etwas über ihre Paarungsgewohnheiten und ihre bevorzugte Beute erzählen, aber für einen *Abenteurer* halte ich das für unnötig."

Als Hjalmar aufbrauste, hustete Daniel in seine Hand, bevor er die Kontrolle über das Gespräch übernahm. „Du willst damit sagen, dass die meisten Expeditionen einfach sind, bis sie es nicht mehr sind?"

Tula schnupperte an Daniel, musste aber widerwillig seine Worte anerkennen. „Es gibt Schlimmeres als eine einfache Expedition."

„Und jetzt hast du es geschafft", sagte Hjalmar. „Idiotische Rangerin. Sag niemals, dass es schlimmer sein könnte. Niemals!" Als der Gauner davonstapfte, um die Idiotie der Rangerin an seine Freunde weiterzugeben, musste Daniel im Stillen zustimmen. Wenn er vielleicht etwas Salz finden würde, das er über seine Schulter werfen könnte …

Kapitel 12

Unheilvolle Ankündigung hin oder her, die Expedition setzte ihre ereignislose Reise fort. Tag für Tag befand sich Daniel entweder auf den Booten oder, in seltenen Fällen, arbeitete er mit den Sammlern zusammen. Als Craig feststellte, dass Daniels Treffsicherheit mit seiner Armbrust lächerlich war, durfte der Abenteurer sich nie der Jagdgruppe anschließen. Die Gruppe hatte keine Verwendung für einen Abenteurer, der nicht einmal ein Scheunentor auf fünfzig Schritte Entfernung treffen konnte.

Im Laufe der Tage wurde das Lager immer größer und es kamen Gerbereien, Pökel- und Räucherstationen hinzu. Jedes Stück Haut, jedes Stück Fleisch, das gepökelt oder geräuchert wurde, verstauten Sava und die anderen Händler in ihren Taschen. Jeder Beutel war mit dimensionalen Speichereigenschaften versehen, die das Volumen verdoppelten oder verdreifachten. Danach wurde das Volumen durch die individuellen Skills des Händlers und Savas Expeditionsleiter-Skill aufgestockt. Nur aufgrund der höheren Level der Händler und von Sava machte diese ganze Expedition überhaupt einen finanziellen Sinn. Dennoch hatten die Händler bereits in der dritten Woche, in der sie sich im Wald aufhielten, damit begonnen, weniger teure Waren auszusortieren, um sie durch wirtschaftlichere Produkte zu ersetzen.

Daniel gähnte und arbeitete wieder etwas Leseröl in die Beinschienen seiner Lederrüstung ein. Am Nachmittag eines Ruhetages nahm sich Daniel die Zeit, seine Ausrüstung zu pflegen. Mit kleinen kreisenden Bewegungen arbeitete er den geölten Lappen stellenweise in das Leder ein und betrachtete die Kratzer und Verfärbungen. Die Rüstung befand sich noch in einem relativ guten Zustand, obwohl das jederzeit enden konnte. Aber die Bewegung der Pflege, des langsamen Einmassierens der Rüstung war meditativ und erholsam.

„Es kommt etwas!"

Daniel zuckte zusammen und ließ die Beinschienen los, als sie ihm fast aus den Händen fielen und der Lappen zu Boden flatterte. Daniel griff nach seinem Hammer und Schild und schaute in die Richtung, aus der der Schrei kam. Ein paar Sekunden später stürmte das Ernteteam heran. Als die Richtung der

Bedrohung bestätigt war, ging Daniel vor dem Eingang in Stellung, während die anderen Mitglieder des Teams ebenfalls ihren Platz einnahmen.

„Asin!", rief Daniel, als er sich aufrichtete und nach seiner Freundin rief, die heute wieder Wache hielt.

„Orks", rief Asin. „Vier … fünf?"

Daniel grunzte, kauerte sich unter seinen Schild und zwang sich, seine angespannten Muskeln zu entspannen. Es gab keinen Grund, angespannt zu bleiben und Energie zu verbrauchen, wenn die Gefahr noch nicht da war. Er würde sie hören, wenn der Rest kam.

„Was ist passiert?", rief Daniel, in der Hoffnung, eine Antwort zu bekommen. Es gab keinen Grund für Orks, hier draußen zu sein. Sie lebten meist im Westen in den Ebenen und wagten sich nur selten in diese Wälder.

„Keine Ahnung. Wir waren unterwegs und haben gesammelt, und dann bumm, haben sie Uwe erschossen. Omrak und Bjarne halten sie in Schach, aber wir mussten fliehen", rief eine vertraute Stimme zurück, dieselbe, die zuerst eine Warnung gerufen hatte.

„Packt zusammen!"

Daniel drehte den Kopf und sah Sava, der vom anderen Eingang zurückkam. Als er sich umdrehte, sah er zu seiner Überraschung, dass die Händler bereits dabei waren, ihre Taschen zu packen und alles mit geübter Leichtigkeit reinzustopfen. „Macht euch bereit zum Aufbruch."

„Zurück, ihr widerlichen Bestien! Ich bin Omrak, Sohn von Losin, ein fortgeschrittener Abenteurer mit dem orangen Rang und. Ihr. Werdet. Nicht. Gewinnen!", brüllte Omrak, kurz bevor die verräterische Entladung von Elektrizität aus Omraks Skill heraus explodierte. Das Knistern und Zischen von Blitzen, das Zischen von Blättern und Ästen, die verbrannten, und die Schreie seltsamer Monster ertönten.

„Komm schon, du blonder Trampel!", rief Bjarne.

In kurzer Zeit stolperten die beiden hinein, wobei Omrak von Bjarne nach hinten gezogen wurde. Als sie auf die Lichtung stolperten, wurden die verzauberten Kugeln von Vivian ausgelöst. Die Hexenmeisterin drehte ihre

Hände und stellte die vorbereiteten Fallen auf. Einem leisen Aufschrei folgte ein leiser Schrei, als sich eine schattenhafte Gestalt in eine Rolle warf und den neu aufgestellten Fallen knapp auswich.

„Pass auf, Viv!", knurrte Hjalmar, als er sich drehte, seinen Recurvebogen in der Hand und einen Pfeil im Anschlag, während er in die Richtung zurückstarrte, aus der er gerade kam.

„Tut mir leid!", sagte Vivian, die Augen der Hexenmeisterin fest geschlossen.

Daniel ignorierte den Aufruhr und ging hinüber, um Bjarne zu helfen, Omrak zurückzuhalten und ihn hinzulegen. Bjarne verabreichte dem Nordländer gerade einen Trank, als Daniel seine Hand über den Mann legte und die zahlreichen Schnitte betrachtete, die den Körper des Teenagers durchzogen. Ein besonders fieser Schnitt hatte die gehärtete, verzauberte Lederweste, die Omrak trug, zerrissen, sodass Haut und Muskeln darunter zum Vorschein kamen, und Knochen und Teile seiner Innereien sichtbar wurden.

Omrak, Sohn des Losin (Level 16)
HP: 161/532 (Blutung -8)

„Kannst du ihn heilen?", fragte Bjarne.

„Ja", sagte Daniel. Er wandte bereits eine **Kleine Heilung II** auf seinen Freund an und legte den Zauber in kurzer Zeit immer wieder auf, wobei er einen Hauch seiner Gabe nutzte, um die Wunden, die sich geschlossen hatten, zu vernähen.

„Dann werde ich dich allein lassen", sagte Bjarne.

Daniel hörte die Worte kaum, er konzentrierte sich auf seinen Freund. Der allgemeine Heilungszauber heilte alles, von den beginnenden Prellungen an den Armen des Mannes bis zu der riesigen Wunde, aus der das Blut pulsierte, aber mit seinen Händen, die das Fleisch zusammendrückten, konnte Daniel einen Teil der Heilung lenken. Ein Blitz des Schmerzes, ein Teil seines Geistes verdrehte sich, als er durchtrennte Blutgefäße verband. Dann strömte die heilende Magie aus dem Trank und seinen eigenen Zaubern über die Wunden und nähte sie zusammen.

„Bleib liegen. Der Zauber soll dich heilen“, befahl Daniel Omrak, dessen trübe Augen sich langsam aufhellten. **„Zeichen des Heilers.“**

Der zeitverzögerte Heilungszauber überflutete Omrak und sandte Impulse von Heilenergie in den Nordländer.

„Ich kann immer noch kämpfen …“, sagte Omrak und schloss die Faust um sein Zweihandschwert.

„Keine Bewegung, du Idiot“, sagte Daniel und stieß seinen Freund nicht gerade sanft zu Boden. Auf der Lichtung konnte Daniel bereits die Geräusche des Kampfes hören, als Schwert und Schild aufeinandertrafen und eiskalte Zauber einfroren und verlangsamten. „Sie haben es im Griff. Und ich habe dich gerade geheilt. Wenn du das Schwert noch einmal in die Hand nimmst, wirst du dir nur die Wunden wieder aufreißen.“

Omrak knurrte, blieb aber liegen, obwohl er sich mit schmerzhaftem Grunzen genug bewegte, um seinen Kopf herumzudrehen und den Kampf zu beobachten. In der Gewissheit, dass sein Freund liegen bleiben würde, nahm

Daniel seinen Hammer und stakste zum Eingang hinüber.

Beeinträchtigt durch die lahmgelegten Körper ihrer Freunde, die die Eisstachelfallen ausgelöst hatten, hatten die Orks Mühe, auf die Lichtung zu gelangen. Bjarne stand an der Spitze des Kampfes, stach und hieb mit seiner Hellebarde, wobei er den kleinen Schild, den er am Arm trug, nur gelegentlich benutzte, um Hiebe abzuwehren, auf die er nicht rechtzeitig mit dem Griff seiner Langwaffe reagieren konnte. Seitlich hatte Hjalmar seinen Bogen gegen ein Paar Kurzschwerter getauscht, mit denen er Arme und Beine abwehrte und zerschnitt, die ihm zu nahe kamen. Und hinter ihnen allen ließ Vivian Feuerblitze los, während Asin mit der Armbrust auf die hinteren Reihen schoss.

„Achtung, links", rief Daniel Bjarne zu, als er seinen Platz in der Reihe einnahm. Gemeinsam konzentrierten sich die beiden darauf, die Linie zu halten. Ein schneller Block mit seinem Schild gab Daniel genug Zeit, um einen **Doppelschlag** auszuführen, der erst einen Ellbogen brach und dann beim Rückschwung einen Stachel in einen

Oberschenkel jagte. Sofort wich Daniel ein wenig zurück und gab seinem Gegner Zeit, nach hinten zu stolpern, während er durch eine gerissene Arterie verblutete.

„Wir halten hier die Stellung", befahl Daniel der Gruppe. „Und töten sie langsam."

Als ob Daniels Worte eine Beleidigung wären, stürzte sich das halbe Dutzend Orks, das noch stand, auf die Abenteurer. Nach einem halben Dutzend Angriffen zogen sich Daniels Augen vor Überraschung zusammen. Er fing einen weiteren Schlag von einem wild geschwungenen Streitkolben ab, lenkte ihn zur Seite und gab der Ablenkung einen leichten Stoß, um den Ork weiter zu verletzen. Einen Schlag später fing Daniel einen Schwerthieb mit dem Stiel seiner Axt ab und wehrte ihn mit einer leichten Drehung zur Seite ab, bevor er den Stachel mit einem Rückwärtshieb im Schild des ersten Orks versenkte. Ein Ruck ließ den Ork nach vorne stolpern und senkte den Schild so weit, dass Daniels waagerecht gehaltener Schildrand Nase und Wangenknochen zerdrückte, als der Abenteurer **Schildschlag** auslöste. Dann ging es nur noch darum, den nächsten Angriff zu blocken. Die ersten paar Sekunden der Halteaktion ließen die Orks taumeln, denn jeder Kontakt mit der verstärkten, schädlichen Aura des Abenteurers versetzte ihnen einen Schock. Selbst ein geblockter Angriff verursachte Erschütterungen, wenn nicht sogar Schaden.

Die Orks waren stark und aggressiv. Selbst mit seiner eigenen verbesserten Kraft fiel es Daniel schwer, jeden Schlag direkt zu empfangen. Aber ob stark oder nicht, die Kreaturen, die früher eine so gefährliche Bedrohung darstellten, waren erstaunlich leicht zu besiegen. Ihre Levels mochte dem seines eigenen Abenteurer-Ranges entsprechen, aber sie waren spezialisiert. Und unerfahren. Ungeschickt. Roh und aggressiv, aber ohne den Hauch von Feinschliff, den die Abenteurer hatten. Sie besaßen nicht einmal die Disziplin eines Soldaten.

Er holte mit **Perrins Schlag** aus und traf mit einem kurzen, scharfen Schlag aus der Hand direkt auf den Kopf des verbliebenen Orks. Der Schlag zertrümmerte den Kopf und drückte den Schädel der Kreatur in den Nacken, wobei das

Blut spritzte und das Licht um den Hammer herum aufblitzte. Eine Meldung erschien – eine, die Daniel seit Ewigkeiten nicht mehr gesehen hatte.

Ork-Krieger (Level 9) Gefangene beschwören

Noch während das Monster nach hinten taumelte, tauchte Hjalmar hinter ihm auf, rammte ihm Kurzschwerter in den Rumpf und drehte es. Das Monster trat kraftlos um sich, bevor es zusammenbrach und der Gauner den Leichnam zur Seite schob. Die drei vordersten Kämpfer keuchten und starrten mit großen Augen um den Eingang der Lichtung herum, als ihnen klar wurde, dass der Kampf vorbei war.

„Orks!“ Eine weitere Stimme erklang, dieses Mal von der anderen Lichtung.

Daniel riss den Kopf nach oben und drehte sich zur anderen Lichtung. Er konnte bereits Elisa, Sumuhan und Uppulu sehen, die Wache hielten, denn die drei waren irgendwann während ihres Kampfes zurückgekommen. In wenigen Augenblicken traf die letzte Gruppe von Jägern ein und stolperte herein.

„Heiler!" Stimmen erhoben sich und riefen nach Daniel.

„Geh, wir behalten die Lichtung im Auge", befahl Bjarne.

Daniel zögerte und sah zu Asin auf, die die Armbrust spannte. Die Catkin saß in der Hocke, die Krallen des Hinterbeins waren ausgefahren und griffen nach dem Stein, während ihr Schwanz hinter ihr auspeitschte. Sie fing Daniels Blick auf und nickte ihm knapp zu, während sie nach weiteren Problemen Ausschau hielt.

„Heiltrank. Komm schon, komm schon!"

Daniel sah zu den verletzten Händlern hinüber, zu dem ausgeweideten Mann, der im Sterben lag und dessen Verletzungen für einen einfachen Zaubertrank zu fortgeschritten waren. Er biss sich auf die Lippen, aber Daniel rannte nach vorne, um seine Aufgabe zu erfüllen: Zu heilen, während seine Freunde töteten.

***

„Ich wusste, dass das eine schlechte Idee war. Wusste, dass es dumm war. Dumme Rangerin. Dumme Orks", knurrte Asin unter ihrem Atem in Catkin, als sie

die Armbrust spannte und auf ihre Schulter legte. Die Catkin visierte die Waffe an, atmete aus und drückte dann sanft auf den Abzug. Der Rückstoß erschütterte kurz ihre Schulter, bevor sie die Armbrust wieder spannte, den Blick immer noch auf ihr Ziel gerichtet.

Der Armbrustbolzen flog durch die Luft und zeichnete eine schöne Parabel, bevor er die dünne Lederrüstung durchschlug und den Ork-Krieger aufspießte. Er taumelte zurück, gurgelte wegen seiner durchstochenen Lunge und verschaffte den fliehenden Abenteurern Zeit. Craig und die übrigen Mitglieder der Jagdgesellschaft zogen sich zurück, wobei die Jagdhändler die Gruppe mit einem Pfeilhagel unterstützten. Asin knurrte leise und starrte auf die Armbrust in ihren Händen. Ihr Skill **Messerfächer** oder die Aura ihres Armreifs waren auf diese Entfernung nutzlos.

Als sie sich aufrichtete, drehte die Catkin den Kopf zur Seite, und die dünnen, aber drahtigen Muskeln spannten sich an, als die Sehne zurückgezogen wurde. Asin drehte den Kopf zur Seite, suchte nach weiteren Problemen und fand sie. Ein lautes Gejaule ließ die Abenteurer zu ihr aufblicken.

„Patrouille! Sieben", knurrte Asin der Gruppe zu und deutete mit dem Finger auf die Orks, die sich dem ersten Eingang näherten. Verdammt noch mal. Sie würden in die Zange genommen werden.

Als sie aufstand, schlug der Schwanz der Beastkin weiter hinter ihr aus, während sie den Wald absuchte, in der Hoffnung, Hinweise auf das zu finden, was noch kommen könnte. Doch das dichte Blattwerk versperrte der Beastkin die Möglichkeit, mehr zu sehen, obwohl ihr Instinkt ihr sagte, dass die beiden Gruppen, die sich näherten, nicht die einzigen waren. Es war unmöglich, dass es nur ein paar Patrouillen waren, nicht wenn es so viele waren. Es stellte sich allerdings die Frage, warum und wie so viele Orks hier sein konnten. Und, was am wichtigsten war, als Asin den Lagerplatz noch einmal absuchte ... Wo war Tula?

***

Pfeilsturm! Das Skill wurde in der Stille ausgelöst, und die Rangerin, die sich oben im Laub versteckt hielt, sah zu, wie sich ihr einzelner Pfeil in ein halbes Dutzend weiterer verwandelte. Sie regneten von den Lehmspinnen auf die Ork-Patrouille herab und landeten mitten in der eiligen Gruppe; sie töteten einen und verletzten drei weitere. Noch während die Gruppe knurrte und nach ihrem Angreifer suchte, zog sich die Rangerin zurück und verschwand wieder im Wald.

Vier. Die vierte Patrouille. Tulas Lippen kräuselten sich zu einem Knurren, noch während sie davoneilte und sich gegen einen Baum presste, als die schwerfälligen Geräusche der Ork-Patrouille, die sie verfolgte, sie einholten. Sie verlangsamte ihre Atmung und strapazierte ihre Sinne bis zum Äußersten, während sie abwartete, ob sie entdeckt werden würde.

Die Orks rannten vorbei und übersahen die verstohlene Rangerin, die weiterhin stillhielt und wartete. Ihre Vorsicht erwies sich bald als lebenswichtig, als ein letzter Nachzügler auftauchte, der sich langsam vorbeischlich. Tula wartete und sah zu, wie das Monster vorbeiging, bevor sie sich bewegte, ihren Pfeil anlegte und **Durchdringender Pfeil** auslöste. Der Ork zuckte zusammen, als das Geräusch der sich lösenden Sehne ihn einholte, der Pfeil bohrte sich in seine Kehle und in sein Genick und ließ das Monster lautlos zu Boden fallen.

Schnell eilte Tula zu der Leiche hinüber, zog sie beiseite und versteckte sie im Unterholz, bevor sie sie abtupfte. Sie warf die Feder- und Steinfetische beiseite, nachdem sie einen kurzen Blick darauf geworfen hatte, steckte die wenigen Münzen ein, die das Monster bei sich hatte, und betrachtete das einzelne, verfaulte Stück Fleisch in seinem Beutel.

Hungern.

Tula schauderte, denn ihr Verdacht hatte sich endlich bestätigt. Die zu dünnen Orks, die ungewöhnlichen Bewegungen des Stammes und ihr Auftauchen im Großen Wald. Dies war ein unterlegener Stamm. Einer, der von einem mächtigeren Stamm aus seiner Heimat vertrieben wurde. Einem, mit dem sie große Feindschaft hegten, denn sonst wären sie einfach untergegangen. Nun wanderten sie umher und hofften, einen Platz zum Ausruhen zu finden. Wanderten und hungerten.

Mit bedecktem Körper stand die Rangerin auf und überlegte, wie sie weiter vorgehen sollte. Als sie von den Bewegungen der Orks erfuhr, waren die schnell vorrückenden Ork-Patrouillen bereits auf die erste Jagdgruppe gestoßen. Sobald das geschah, war eine Begegnung garantiert. Pech, dass sie gerade die Fallen auf der anderen Seite des Geländes überprüfte, als sie eintraten.

Die einzige Frage war nun, wie man den Schaden verringern konnte. Tula stand schweigend da, überlegte und verwarf ihre Pläne in schneller Reihenfolge. Die Orks würden hinter den Jägern her sein und das Lager finden. So viel war sicher. Sie würden wissen, dass jede Expedition Nahrung haben würde – mehr als sie derzeit hatten. Die beste Option für die Gruppe war also zu fliehen. Tula verzog das Gesicht und schaute in Richtung des Lagerplatzes.

Die meisten Ork-Patrouillen befanden sich jedoch zwischen ihr und dem Lager. Es würde eine Weile dauern, bis sie den Rückweg antreten konnte. Und es wäre fast unmöglich, sich in das Lager selbst zu schleichen. In diesem Fall konnte sie nur hoffen, dass der zweite Fluchtplan der Catkin funktionierte.

Kapitel 13

Daniel verband die Wunde am Bein des Händlers und sah sich dann nach Wasser um. Er fand den Eimer, den ein anderer Händler bei ihm abgestellt hatte, und tauchte seine Hände ein, um das Blut abzuwaschen, bevor er das überschüssige Wasser wegschüttelte. Der Geruch von Blut und Erbrochenem vermischte sich mit dem von verbranntem Fleisch und Holz, und erinnerte Daniel an den Kampf, der immer noch auf der Lichtung tobte. Mit trockenen Händen wandte sich Daniel dem nächsten Patienten zu.

Anstelle eines weiteren verletzten Händlers ließ sich Craig neben Daniel fallen und stützte einen aufgeschlitzten Unterarm. Ohne nachzudenken, betrachtete Daniel die Wunde und spritzte Wasser darüber, um die blutende Wunde auszuspülen und den Schaden zu begutachten. Kein Fremdkörper, kein Leder steckte drin. Der Verband, den Daniel in die Hand nahm, wickelte sich immer wieder um die Gliedmaße, während er die Zauberformel in seinem Kopf begann.

„Wie läuft es?", fragte Daniel und blickte zu den Lücken in der Lichtung hinauf. Die

Handelskämpfer hatten ihre Speere in die Hand genommen und sich dem Kampf aus der Ferne angeschlossen, um den unterbesetzten Abenteurern dabei zu helfen, die Orks in Schach zu halten. Zwanzig Minuten nach Beginn des Kampfes hatte sich Daniel immer noch nicht von der improvisierten Versorgungsstation entfernt, die sie für ihn eingerichtet hatten.

„Wir bleiben dran", sagte Craig. „**Zeichen des Heilers** ist ausreichend. Ich habe ein regeneratives Skill."

Daniel hielt inne, bevor er nickte und die Beschwörung beendete. Seine Hände, die gerade dabei waren, den Verband zu wickeln, hielten inne, als sie aufleuchteten und den Zauber auf den Mann legten, bevor Daniel den Verband fertig band. „Du bist fertig."

„Ich schicke den nächsten her", sagte Craig.

Daniel konnte nur stumm nicken und beobachtete sein Mana, während Craig zurück an die Front trottete. Auch wenn der Mann sich nonchalant verhielt, erinnerte sich Daniel daran, das raue Atmen gehört zu haben, und er spürte den erhöhten Herzschlag und die Ansammlung von Milchsäure in den Muskeln des Mannes. Es war schwer, Dinge vor einem Heiler zu verbergen, besonders wenn dieser gerade einen Heilzauber auf einen gewirkt hatte.

Als Sumuhan herüberjoggte, verdrängte Daniel die Gedanken aus seinem Kopf, während er sein Mana überprüfte. Nach ein paar Zaubern von **Kleine Heilung II**, wenn ein Abenteurer oder Händler zu stark verletzt worden war, und nach mehreren Zaubern von **Zeichen des Heilers** war sein Mana zur Neige gegangen. Jetzt sehnte sich Daniel wirklich nach einem Upgrade seiner Heilzauber. Wenn er gewusst hätte, dass er als Heiler festsitzen würde …

Mana: 157/257

„Wie viele Heiltränke haben wir noch?", fragte Daniel seinen Gehilfen. Der Mann schaute auf den kleinen Stapel von Tränken in ihrem Behälter und zählte sie, bevor er antwortete.

„Sechs hohe, vier mittlere und acht niedrige Grade, Heiler."

„Kein Heiler", korrigierte Daniel. „Aber danke." Natürlich wusste Daniel, dass diese Zahl nicht die einzelnen Tränke umfasste, die einige der Abenteurer mit sich führten. Das waren nur die Tränke der Expedition – diejenigen, die für Notfälle gekauft worden waren. Da hochwertige und mittelmäßige Tränke jahrelang haltbar waren, konnte man den Kauf dieser Tränke als eine Investition betrachten. Die billigeren Tränke konnten bei Bedarf leicht weiterverkauft werden. Kluge Expeditionsleiter – wie Sava – stellten sicher, dass sie für die meisten Situationen mehr als genug vorrätig hatten.

Die meisten, wenn man von einem Frontalangriff eines Ork-Clans absieht.

Und dann blieb keine Zeit mehr, als Hjalmar neben Daniel auftauchte, humpelnd und sein Bein verletzend.

***

Eine Stunde später schlug Daniel ein letztes Mal mit seinem Hammer auf einen Ork ein und vergewisserte sich, dass dieser einen ordentlichen Rückzieher machte, bevor er ebenfalls zurücktrat und seinen Hammer senkte. Die Orks zogen sich zurück und verschwanden in der Deckung des Laubes und hinter ihren Schilden, während sie sich ausruhten und auf weitere Verstärkung warteten. Die Abenteurer und kämpfenden Händler machten eine Pause, tranken Wasser und verbanden ihre Wunden. Daniel ließ seinen Hammer an der Handschlaufe fallen und drehte sich zu seinen Kameraden um, um zu prüfen, ob sie verletzt waren und was er tun konnte. Überraschenderweise ertönten keine „Heiler"-Rufe, was Daniel erleichterte. Er hatte noch ein paar Zaubersprüche übrig, aber sein sich langsam regenerierendes Mana sollte er nur für absolute Notfälle einsetzen.

„Wie viele?", fragte Daniel Sava, als dieser vorbeikam und einen Wassersack anbot. Als Sava antwortete, wusch sich Daniel mit einer Handvoll Wasser das Gesicht, bevor er ein gutes Viertel der Flasche trank. Kämpfen war harte und durstig machende Arbeit.

„Asin sagte, dass mindestens zwei weitere Patrouillen hinzugekommen sind. Also, dreißig? Vierzig?", sagte Sava.

„Sie haben ihre Orkjäger und Krieger mit höherem Level mitgebracht", polterte Omrak. Der große Nordländer hatte sich auskuriert und zusammen mit Daniel seinen Platz in der vordersten Reihe eingenommen, und die beiden Abenteurer bildeten nach so langer Zeit der Zusammenarbeit eine beachtliche Streitmacht. Unterstützt von ein paar Händlern mit ihren Speeren und Rob mit seinen Zaubern hatte die Gruppe eine Lichtung ganz allein gehalten, während Craigs Team die andere Seite eingenommen hatte und sich in der Zwischenzeit heilte und ausruhte. „Die Kämpfe werden immer schwieriger."

„Stimmt", sagte Daniel und runzelte die Stirn. Der stille Eingang zur Lichtung schien immer bedrohlicher zu werden, während Daniel darauf starrte, und sein Atem stockte, als er an ihre Zukunft dachte. Die Heiltränke waren weniger geworden, das Mana war geschwunden, und selbst Asins Bolzen von oben fielen nicht mehr so oft. Selbst jetzt zogen die nicht kämpfenden Händler Pfeile und Bolzen aus den Leichen und schoben die Körper herum, um eine Blockade zu errichten. Daniel wusste, dass sie diese Pfeile und Bolzen zu den Bogenschützen zurückbringen würden, aber viele waren nicht mehr zu retten.

„Können wir warten?", fragte Sava leise und senkte seine Stimme, als er näher an Daniel herantrat.

Daniel blickte zur Seite und sah, dass einige der Händler ihre Tätigkeit unterbrochen hatten, um seiner Antwort zuzuhören. Daniel zögerte eine Sekunde lang, bevor er antwortete: „Ja." Aber dieses Zögern war bezeichnend. Eines, das Sava dazu veranlasste, seine Lippen vor Unzufriedenheit zusammenzuziehen. „Wir sollten mit Craig sprechen."

Sava nickte, und Daniel winkte den ruhenden Abenteurern zu, damit sie seinen Platz einnehmen konnten. Als er sicher war, dass die Lichtung halten würde, führte Daniel Sava zu dem anderen Abenteurer-Kapitän hinüber, und das Trio traf sich auf einer Lichtung in der Mitte zwischen den beiden Eingängen.

„Was?", sagte Craig.

„Die Orks bekommen immer wieder Verstärkung", sagte Daniel.

„Ich weiß. Wir haben mindestens zwanzig ihrer Männer getötet", sagte Craig. Er presste die Lippen zusammen und betrachtete die schmalen Eingänge zur Lichtung, dann das zerbrochene

Mauerwerk, das von der Vegetation überwuchert war und den Rest ausmachte. „Es mag schwieriger sein, außerhalb der Lichtung hineinzukommen, aber irgendwann werden es auch Orks versuchen. Zu diesem Zeitpunkt …"

„Wir können nicht warten", sagte Sava.

„Ich würde nicht sagen, dass wir das nicht können", entgegnete Craig.

„Aber es wäre schwierig", sagte Daniel und schüttelte den Kopf. „Wir müssten die, die sich gerade ausruhen, in Alarmbereitschaft halten. Wir müssten unsere Front weiter ausdehnen."

„Und dann, was, brechen wir durch?", sagte Craig und blickte auf die Lichtung. „Selbst wenn wir das schaffen würden, wären wir gezwungen, im Wald zu kämpfen. Und wo sollen wir dann hin?"

„Weiter raus. Da oben", sagte Asin und unterbrach die Gruppe. Die Catkin lächelte und deutete auf ihren Wachposten. Die Gruppe runzelte die Stirn und starrte auf den steilen Aufstieg zu den Ruinen.

„Was dann? Dann wären wir immer noch im Wald", sagte Craig schnaubend.

„Nein", sagte Asin. Sie schlug ihre Hand fest nach unten. „Klippe. Wald. Schlucht."

„Die Esman-Schlucht?", sagte Sava und Asin nickte. „Das … ich war schon früher bereit, es zu riskieren, aber die Orks würden sicher die Raptoren aufstacheln."

„Ja. Ablenkung", nickte Asin schnell.

„Ich weiß nicht. Die Rangerin …"

„Geredet. Einverstanden", sagte Asin und warf Sava ein breites Lächeln zu. „Verstärkung."

„Ja, die Rangerin, die jetzt nicht hier ist. Die wir brauchen, um sicher durch die Schlucht zu kommen", sagte Craig und ballte seine Faust vor Frustration fest.

„Tula wird uns finden", versicherte Daniel Craig. Er sah zu Asin hinüber, und die Catkin schenkte Daniel ein zuversichtliches Lächeln, bevor er tief einatmete. „Schau. Unsere Überlebenschancen sind gering, besonders dann, wenn noch mehr Orks kommen. Ich weiß nicht, wie viele es sind, aber dass sie sich so zurückziehen, lässt mich vermuten, dass es mehr sind. Und wahrscheinlich höherstufige Anführer. Wenn wir einen Kampf vermeiden können …"

Craig wippte mit dem Fuß und schaute zwischen der Lichtung und den Ruinen hin und her, das Zögern stand ihm ins Gesicht geschrieben.

„Ich vertraue der Rangerin, wenn ich ein Wörtchen mitzureden habe", sagte Sava. Jetzt, da der Kampf begonnen hatte, lag das eigentliche Kommando über die Expedition bei der Rangerin und den Abenteurern. Ohne Tula hatte nun Craig das Kommando.

„Ihr vertrauen …", sagte Craig, dann seufzte er niedergeschlagen. „Na schön. Wenn wir sterben, werde ich euch den ganzen Fluss entlang anschnauzen."

„In Ordnung", sagte Daniel. „Und was jetzt?"

Craig runzelte die Stirn, während er offensichtlich die Optionen durchspielte. Kurzerhand begann er, Sava und Daniel Befehle zu erteilen. Asin wurde aufgefordert, noch mehr Informationen zu liefern, was dazu führte, dass Sumuhan herüberkam, um die Konzepte der Catkin zu übersetzen und zu erweitern. Die ganze Zeit über konnte Daniel nicht umhin, zur Lichtung zurückzublicken und sich zu fragen, wann der nächste Angriff kommen würde. Und ob sie es noch rechtzeitig schaffen würden.

***

„Hoch!", rief Asin den Händlern zu. Die Gruppe hatte die Ruinen erklommen und schleppte ihre müden Körper und ihr Gepäck hinauf. Elisa, die neben Asin saß, half den Händlern hoch, reichte ihnen die Hand und führte sie zur Spitze des Bergrückens, wo ein paar Seile auf sie warteten.

„Da kommen sie", sagte Elisa und entfernte sich von den Händlern, um ihre Schusslinie freizumachen. „Ich habe zwei."

„Omrak, denk daran, dich zurückzuziehen, wenn wir es dir sagen", warnte Daniel seinen großen Freund. Der Nordländer schnaubte als Antwort, die Spitze seines Schwertes ruhte auf dem Boden, während er Energie sparte. Daniel warf seinem schweigsamen Freund einen besorgten Blick zu, bevor er die Bedenken beiseiteschob. Er konnte nichts dagegen tun, nicht im Moment. „Rob, bist du bereit?"

„Die Kugeln sind fertig. Danach werde ich nur noch zwei geladene Sphären haben", sagte Rob. „Ich hasse es, sie hierzulassen …"

„Besser deine Sphären als unsere Köpfe."

„Das stimmt", sagte Rob. „Was machen sie auf der anderen Seite?"

Daniel zuckte mit den Schultern, da er nicht wusste, wie das andere Team den Kontakt abbrechen wollte. Man hatte ihm gerade versichert, dass sie ihre Wege hatten.

Als die Orks den Eingang erreichten, griffen sie nicht an, sondern bewegten sich in einer langsamen, stetigen und bewachten Formation. Wie die vorherigen Patrouillen trugen die Orks eine Reihe von Waffen, von Keulen über Schwerter bis hin zu Schilden. Erstaunlicherweise trugen nur wenige der Orks Speere, Bögen oder Armbrüste. Als sie die Lichtung erreichten, starrten sie die Gruppe an und stießen ein leises Knurren aus. Als ein Armbrustbolzen im Brustbein eines der wenigen ungeschützten Orks in der vordersten Reihe stecken blieb, heulten sie auf und warfen sich nach vorne, als sei der Angriff ein Signal.

Daniel wappnete sich und schätzte die sich schnell nähernde Entfernung ab, bevor er einen Schritt nach vorne machte, als sie sich näherten, und sein Skill **Schildschlag** auslöste. Der Angriff traf den Schild eines angreifenden Orks, prallte ab und warf Daniel zurück, als die kombinierte Wirkung von **Blutrausch-Angriff** und **Schildschlag** ihn überwältigte. Während er versuchte, sich auf den Beinen zu halten, stürzte sich der nächste Ork auf ihn und schlug mit einer Stachelkeule nach ihm, welche Daniel gerade noch abblocken konnte. Bevor der Ork seinen Angriff fortsetzen konnte, trat Omrak vor und holte mit seinem Schwert zu einem beidhändigen Überhandhieb aus, der den Fellhelm spaltete und den Schädel des Monsters halb durchbohrte. Omrak reagierte sofort, trat nach vorne und stieß den sterbenden Ork mit einem Tritt zurück, um ihn von sich zu stoßen.

Als sich ein anderer Ork nach vorne bewegte, um den Platz des Toten einzunehmen, fand Daniel endlich seinen Halt und sein Timing wieder, blockte einen Schlag ab und erwiderte einen gegen seinen ursprünglichen Gegner. Er hielt seinen Schild hoch, um sich vor Angriffen zu schützen und nur gelegentlich zuzuschlagen. Wie Omrak neben ihm kämpften die beiden vorsichtig, mehr darauf bedacht, sichere Schläge zu landen und sich selbst in Sicherheit zu bringen, als ihre Gegner zu töten. Schon bald erkannten die Orks den Unterschied und begannen, aggressiv nach vorne zu drängen.

Rob stand hinter ihm, hob die Hände und ließ einen **Magischen Pfeil** los. Der aus Mana geformte Angriff durchschlug die Rüstung und verletzte einen Ork, als dieser nach vorne trat. Daniel nutzte die Situation aus, beugte sich hinunter und zerschmetterte das Knie des taumelnden Monsters, wodurch er rückwärts fiel und den Eingang wieder verstopfte.

Sekunden wurden zu Minuten, während die beiden Abenteurer weiterhin vorsichtig kämpften. Selbst als es den Orks schließlich gelang, ihre verletzten Kameraden herauszuziehen, drängten die beiden nicht nach vorne, sondern begnügten sich damit, ihre Gegner zu verletzen und zu verlangsamen. Und währenddessen hörte Daniel mit einem halben Ohr zu.

„Nordost!", rief Sava warnend aus.

Daniel knurrte, unfähig, den Blick abzuwenden, aber er wusste, dass die Orks versuchen mussten, den Kreis auf andere Weise zu durchbrechen. Das war einer der Gründe, warum sie Elisa auf den Wachposten gesetzt hatten, um der Gruppe eine weitere Fernkämpferin zu geben. Als er einen weiteren Angriff abwehrte, tauchte ein verzauberter Stachel über seiner Schulter auf und stürzte auf den Ork zu, um ihn zu blenden. Das Monster stolperte zurück und hielt sich das verletzte Auge.

„Warum brauchen sie so lange?", keuchte Omrak, ein neuer Schnitt an seinem Arm blutete unaufhörlich und bildete eine klebrige Sauerei unter seinen Fingern. Daniel beäugte seinen Freund, besorgt über den anhaltenden Blutverlust, aber unfähig, in diesem Moment etwas dagegen zu tun. Um den Nordländer herum leuchtete ein schwaches rotes Licht, ein Zeichen für die wachsende Fähigkeit der Wut.

„Es sollte bald so weit sein …", sagte Daniel.

„Südosten!", rief Sava.

„Verdammt noch mal …", fluchte Rob hinterher.

Doch Daniel und Omrak hatten keine Zeit mehr zu reden, denn die Orks stürzten sich mit neuer Wut auf die beiden. Wieder kämpften sie, wobei sie darauf achteten, keine ihrer ausdauernden Skills auszulösen. Sie mussten einfach nur durchhalten. Durchhalten …

„Sauber!", rief Sava.

Sofort löste Daniel **Perrins Schlag** aus, der in einem Winkel einschlug, um seinen Gegner an der Waffe zu erwischen und sie von der eigenen Brust des Monsters abprallen ließ. Der Ork war gezwungen, einen Schritt zurückzutreten, um den Aufprall abzufangen, und musste sich weiter nach hinten bewegen und ducken, als Omrak mit seinem riesigen Schwert einen weiten Oberhandhieb führte.

Entnervt wich Daniel zurück, als Rob in die Hände klatschte. Unter der aufgewühlten Erde explodierten vergrabene verzauberte Kugeln, und eine Wolke giftigen Gases strömte nach oben. Daniel und Omrak zogen sich beide sofort zurück, während das grünlich-violette Gas weiter aus den Kugeln herauskochte. Überraschenderweise bewegten sich die Wolken nicht viel von ihrem ursprünglichen Standort weg, sondern blieben konzentriert, während sie weiter aufstiegen.

„Lasst uns gehen. Es wird nur noch ein paar Minuten halten", sagte Rob. Hinter der Rauchwolke beobachteten die Orks, wie sich die Abenteurer zurückzogen. Ein Blick zum anderen Eingang zeigte, dass der Eingang mit klebrigen Spinnweben bedeckt war, und in einer dieser Spinnweben war der schwache, sich windende Körper eines Orks gefangen. Als die Abenteurer sich umdrehten und zu den zerfallenen Ruinen rannten, stießen die Orks ein Wutgeheul aus.

Als Gruppe erreichten die Abenteurer den Fuß der zerbröckelten Steine, wo die Kaufleute oben standen und nur noch einige wenige darauf warteten, sich auf den Weg nach unten zu machen. Sava, der „Sauber" ausgerufen hatte, war bereits auf halber Höhe der Ruinen, als Daniel den Boden erreichte. Der Heiler drehte sich um und machte sich bereit, den Rückweg anzutreten. Als Omrak zum Stillstand kam, knurrte Daniel.

„Los!"

„Ich sollte …"

„Wir brauchen einen Kämpfer am anderen Ende. Los!", schnauzte Daniel.

Omrak zögerte noch eine Sekunde, bevor er nickte und sich aufmachte, dem Selkie hinterherzuklettern, der nicht einmal stehen geblieben war. Daniel lächelte kurz, während die andere Gruppe von Abenteurern es schaffte, sich einen Weg hinüberzubahnen. Die schwammigen Zauberer machten sich zuerst auf den Weg, während Craig und die Nahkämpfer warteten, bis sie an der Reihe waren.

„Du solltest gehen", sagte Craig zu Daniel.

„Ich habe einen Schild …"

„Und du bist der Heiler", sagte Craig barsch. Daniel zögerte, zog eine Grimasse und hielt nur lange genug inne, um seine Hand und einen Zauber auf den verletzten Bjarne zu schlagen, bevor er sich umdrehte, um zu warten, bis er an der Reihe war. Als er sich neben Hjalmar wiederfand, musterte er den Gauner.

„Mir geht es gut. Nichts, was meine Heiltränke nicht in Ordnung bringen könnten", sagte Hjalmar.

Bevor Daniel antworten konnte, lenkte ein Schrei der Orks seine Aufmerksamkeit zurück.

266

Anstatt zu warten, bis sich die Wolke auflöste, hatten sich die Monster durch sie hindurchgeworfen und das Gift aufgenommen, während sie auf die Gruppe losgingen. Auf der anderen Seite war das klebrige magische Netz in Brand gesetzt worden, und der Körper des gefangenen Orks zuckte kraftlos.

„Scheiße. Die sind verrückt!", sagte Craig. „Elisa, Vivian!"

Als Antwort fielen magische und weltliche Pfeile, die die heranstürmenden Monster verfolgten. Hjalmar schlug Daniel auf die Schulter und ließ seinen Kopf auf die Trümmer fallen, bevor er begann, nach oben zu klettern. Daniel seufzte und machte sich auf den Weg, um schnell nach oben zu kommen. Als er oben ankam, blickte er nach unten und sah, wie Craig und Uppulu in einen Kampf verwickelt waren und die beiden Abenteurer kämpften, um die wimmelnden Orks zurückzuhalten.

„Wir müssen Platz schaffen", sagte Hjalmar. Er streckte die Hand aus, und zog seinen Köcher und seinen Bogen aus dem Inventar, bevor er auf die Gruppe schoss.

„Daniel!", schnaubte Asin und ließ den Abenteurer zu ihm hinüberschauen. Er drehte sich um und fing die Armbrust auf, die ihm zugeworfen worden war, dann den fast leeren Köcher. Noch während er zusah, griff Asin nach ihren Messern und zog ihre Füße unter sich zusammen.

„Asiiiin!", rief Daniel, zu spät, denn die Catkin stieß sich von den Felsen. Die Catkin stürzte mit den Messern in der Hand und landete direkt auf zwei Orks, die beide zu Boden stürzten, während sich ihre Messer in ihre Körper bohrten. Wie ihr Namensvetter sprang die Catkin im Gegensatz zu ihren Opfern sofort wieder auf und zog neue Messer aus ihren Scheiden, während sie in die Fesseln der überraschten Monster schnitt.

„Flammenschlange!", rief Vivian aus. Aus ihrer Hand formte sich eine lebende Schlange aus Flammen und Rauch und flog herab, duckte sich und tanzte durch die Gruppe. Die Hexenmeisterin taumelte, ihr Gesicht war so weiß wie das Blütenblatt einer Babyatem-Blume, als sie bei diesem Angriff ihr Mana verbrauchte. In Kombination mit Asins Ablenkung gelang es

268

den beiden Abenteurern, ihre Angreifer auszuschalten und schnell zu klettern, während Asin einen **Messerfächer** warf und dann die Felsen hinaufsprang.

Als der sich am schnellsten erholende Ork begann, nach oben zu klettern, spannte Daniel schließlich seine Armbrust und feuerte ab. Der Bolzen flog in einem Bogen nach unten, verfehlte sein Ziel und zerschmetterte den Felsen direkt vor dem Ungeheuer. Die explosive Zerstörung ließ den Ork zurückweichen, wobei ein Splitter ein Auge verletzte und das Monster nach hinten fallen ließ. Rob, der oben stand, fuchtelte mit den Händen herum und schickte seine verzauberten Stacheln los, um die Orks ebenfalls zu verletzen, die versuchten, nach oben zu klettern.

„Ich bin raus!", sagte Elisa, während sie ihren Bogen verstaute.

„Geh!", befahl Daniel der Frau. Daniel sah zu Vivian hinüber, die immer noch blass aussah, und deutete dann auf sie, als Bjarne sich aufrappelte. „Runter mit ihr."

Während er die Gruppe anleitete und seinen letzten Bolzen vorbereitete, starrte Daniel auf die Orks hinunter und dankte den Sternen, dass sie weiterhin keine Fernkampfwaffen besaßen. Trotz der hartnäckigen Angriffe von Asin, ihm selbst und Hjalmar bahnten sich die Orks weiter ihren Weg nach oben, knapp drei Meter unter den anderen.

„Los!", sagte Daniel, als Craig und Uppulu sich auf seine Höhe begeben hatten.

„Ich sollte bleiben …", protestierte Craig.

„Ich habe einen Plan. Und jetzt geh!", schnauzte Daniel. Ein Anflug von Verlust durchfuhr Daniel, als er auf die Seile starrte. Einst, vor langer Zeit, wusste er, wie man sich abseilt, wie man Knoten abbindet und sich sicher bewegt. Aber diese Zeit war vorbei, weggenommen von seiner Gabe. Brüchige Erinnerungen wohnten in ihm, Teile von Erinnerungen, die nicht nur aus seinem Geist, sondern auch aus seinem Körper genommen wurden. Dennoch wusste er theoretisch, wie man sich abseilt.

Craig zögerte noch einen Moment, bevor er sich in die Seile stürzte und es dem Heiler ermöglichte, seinen letzten Bolzen auf den führenden Ork abzufeuern und schließlich einen

Treffer zu landen. Die Wucht des Bolzens warf das Monster zurück, sodass es den Hügel hinunterstürzte, was Daniel ein wildes Grinsen entlockte. Inzwischen war Asin neben ihm aufgesprungen und löste einen letzten **Messerfächer** aus, bevor sie keuchend innehielt.

„Runter", befahl Daniel.

Die Catkin zögerte nicht einmal, griff nach dem nächstgelegenen Seil und kletterte mit Leichtigkeit hinunter. In kürzester Zeit rutschte die Beastkin das Seil hinunter und ließ Daniel allein auf der Spitze der Ruine zurück. Als die Orks weiter nach oben kletterten, grinste er und ließ sein letztes Geschenk los.

Der beschworene Ork-Krieger, der neben ihm auftauchte, blickte Daniel kurz an, bevor er sich umdrehte und in die Hocke ging, um darauf zu warten, dass seine lebenden Brüder sich auf den Weg nach vorne machten. Während die Orks durch die Beschwörung abgelenkt waren, prüfte Daniel das erste leere Seil und schnitt es durch, bevor er sich das zweite schnappte. Er stützte sich mit den Füßen an der Felswand ab und warf sich die Leine hinunter, wobei er das Seil in Abständen ergriff und wieder losließ, während er die Klippe hinunterfiel. Auf den letzten Metern wurde sein Schwung zu groß, und er merkte, dass seine Finger den Halt verloren, sodass er unglücklich auf dem Rücken landete und ihm der Atem wegblieb. Der Abenteurer stöhnte auf und war froh, dass er sich keine Gehirnerschütterung zugezogen hatte. Noch während er auf dem Boden lag und wieder zu Atem kam, winkte Rob mit der Hand. Ein verzauberter, magischer Stachel bewegte sich, durchtrennte das Seil am oberen Ende und ließ das nun lose Ende auf die Füße des überraschten Abenteurers fallen.

„Was zum Teufel?"

„Keine Zeit", sagte Rob und zeigte nach oben, damit Daniel die finsteren Gesichter der Orks sehen konnte, die es geschafft hatten, seine Beschwörung zu töten. „Kommt schon. Zeit zu gehen."

Daniel stöhnte und ergriff Asins angebotenen Arm, als er nach oben taumelte. Er konzentrierte sich, schickte einen Schwall heilender Magie durch sich selbst und ließ einige der blauen Flecken verschwinden, bevor er das Seil in seinem Inventar verstaute. Da der einfache Zugang nach unten abgeschnitten war, konnten die Orks den Abenteurern nur noch nachstarren, als sie sich auf den Weg machten. So weit, so gut.

Kapitel 14

Daniel schloss sich schnell dem Hauptteil der Gruppe an und reihte sich ein, während er das Team mit einem geübten Auge beobachtete. Der Heiler suchte nach Verletzungen und versah diejenigen, die den Zauber am dringendsten brauchten, zweimal mit dem **Zeichen des Heilers**, um dem Heilzauber Zeit zu geben, seine Wirkung zu entfalten. Es war nicht so effektiv, wie die Gruppe sich bewegte, aber es war besser als nichts.

„Die Seile sind durchgeschnitten?", sagte Craig, als Daniel fast bis nach vorne vorgedrungen war.

„Ja", sagte Daniel. „Wer führt uns an?"

„Catkin und Sava wissen beide, wo wir hinmüssen", sagte Craig. „Ich habe Hjalmar und Sumuhan an der Nachhut, und dein Freund Omrak gibt ihnen Rückendeckung."

Daniel nickte, die Lippen fest zusammengepresst, während er die Gruppe überprüfte. Da nur ein Viertel der Händler an den Kämpfen teilgenommen hatte, waren die Nichtkombattanten größtenteils in guter Verfassung. Doch die Kämpfer waren alle verletzt, viele von ihnen trugen hastig gewickelte

Verbände und halb verheilte Wunden. Mit kaum noch fünfzig Mana wusste Daniel, dass er darauf achten musste, sein Mana regenerieren zu lassen, egal wie gerne er ihre Verletzungen versorgen wollte.

„Was glaubst du, wie lange wir haben?", fragte Daniel schließlich.

Craig zuckte mit den Schultern, bevor er sagte: „Das ist eher eine Frage für unsere nicht anwesende Rangerin. Lauf einfach. Unser Vorsprung wird nicht so groß sein."

Daniel nickte und verstummte, um seinen Sauerstoff zu sparen, während er nebenher lief.

Mehr als eine Stunde verging, ohne dass sie verfolgt wurden, eine überraschende Tatsache, die Daniel noch mehr Sorgen bereitete. Sie joggten und machten alle zwanzig Minuten eine Pause, um langsamer zu werden und sich auszuruhen. So wie er es verstanden hatte, hatten sie noch vier Stunden Zeit, bis sie die Schlucht erreichten. Und obwohl Daniel die Verfolgung fürchtete, wusste er, dass sie sie auch brauchten.

„Schneller", sagte Tula und tauchte aus dem Unterholz auf. Craig, der neben Daniel gelaufen war, zuckte zusammen, als die Rangerin sich bemerkbar machte.

„Wo bist du gewesen?", fragte Craig die Rangerin.

„Ich hatte es mit Patrouillen und Spähern zu tun", sagte Tula. Sie neigte leicht den Kopf und verdeckte für einen kurzen Moment ihre Augen, bevor sie hinzufügte. „Es ist gut, dass ihr entkommen seid. Aber es kommt ein ganzer vertriebener Clan."

„Verdammt", knurrte Craig. „Ich wusste es."

„Sie sind im Lager und nehmen sich, was sie kriegen können, um ihre Leute zu ernähren. Sie waren am Verhungern", sagte Tula. „Es ist gut, dass ihr etwas von dem Essen für sie übrig gelassen habt. Das sollte uns etwas Zeit verschaffen."

„Ich habe es nicht mit Absicht getan", sagte Sava mürrisch.

„Ich weiß. Aber es funktioniert trotzdem", sagte Tula.

„Warum sind sie in einem solchen Zustand?", sagte Daniel. „Sollten sie nicht Jäger haben?"

„Viele sind wahrscheinlich gestorben, als sie vertrieben wurden", sagte Tula. „Die wenigen, die sie noch haben, werden nicht ausreichen, um den verbliebenen Stamm zu ernähren."

„Rangerin, wie lautet der Plan?", fragte Sava. „Gehen wir noch in die Schlucht?"

„Ja", sagte Tula mit einem Nicken. „Ich werde uns hineinführen. Folgt meinen Anweisungen. Wir werden die Schlucht betreten und uns am besten schleichend hindurchbewegen. Wenn alles gut geht, werden die Raptoren von den Orks angezogen, sollten sie uns folgen."

„Und wenn nicht?", sagte Craig misstrauisch.

„Dann habe ich auch einen Ersatzplan", sagte Tula. „Aber wir müssen weiter."

Unter den misstrauischen Blicken von Craig und Sava setzte sich Tula an die Spitze der Gruppe und übernahm die Führung. Fast augenblicklich änderte sich die Richtung leicht, als die weitgereiste Rangerin die Führung übernahm.

***

Weitere zwei Stunden vergingen, während Daniels Mana langsam wieder anstieg. Er betrachtete das dritte Mana, das in dieser Zeit zugenommen hatte, und überlegte, ob er etwas davon jetzt einsetzen oder warten sollte. Die Heilung einiger seiner Gefährten würde ihre Flucht beschleunigen, aber es würde die Menge an Mana verringern, die er hatte, wenn die Dinge schiefgingen. Nach kurzem Abwägen der Risiken beschloss Daniel, sein Mana erst einmal zu behalten. Vielleicht später.

Als Daniel seine Gedanken verdrängte, ließ ihn eine Stimme hinter ihm aufhorchen. Er runzelte die Stirn, als er erkannte, dass das Gemurmel von der Nachhut stammte. Er wurde etwas langsamer, bevor er sich daran erinnerte, dass er seine Position beibehalten musste. Seine Aufgabe war es, nach Problemen Ausschau zu halten, die von den Seiten her kamen. Selbst wenn es einen Angriff gab, ohne dass ein Hilferuf ertönte, sollte er auf seiner Position bleiben. Es könnte ja auch eine Finte sein.

Kurz darauf verstummte der Kampfeslärm von hinten. Daniel drehte den Kopf und betrachtete die Wachen, die hinter ihm herliefen, viele von ihnen taten dasselbe. Es gab kein Signal, kein Anzeichen dafür, dass es noch etwas zu befürchten gab, und so rannte Daniel mit gesenktem Kopf weiter. Zum Glück für seine strapazierten Nerven meldete sich bald ein Händler, der sich als Läufer zu erkennen gab. Die Nachhut war mit Orkspähern zusammengestoßen und hatte mindestens einen übersehen. Möglicherweise waren es auch mehr, wenn die Späher sich bei ihrer Suche gesammelt hatten. In jedem Fall aber waren sie gefunden worden.

Die Nachricht war ein Adrenalinstoß, der sich in der gesamten Gruppe verbreitete und einen Energieschub auslöste, der zu einem schnelleren Tempo führte. Leider konnte das schnellere Tempo nicht lange gehalten werden, und die Gruppe wurde langsamer, da die Marathonsitzung ihren Tribut von den Kaufleuten und Abenteurern forderte. Omrak griff in eine Gürteltasche und holte einen orangefarbenen Flachmann heraus, aus dem er einen Schluck nahm. Als er die fragenden Blicke sah, die ihm zugeworfen wurden, ergriff Omrak das Wort.

„Ausdauer-Trank", sagte Omrak. Seine Worte riefen eine Reihe von Bitten der Händler hervor. Der Nordländer zögerte sichtlich, aber schließlich bot er den Umstehenden ein paar Schlucke an. Während er aufmerksam beobachtete, wie sein kostbarer Trank herumgereicht wurde, sagte Omrak zu Daniel. „Ich bin überrascht, dass Sava keine solchen Tränke hat."

„Er hatte ein paar. Aber Sava hat stattdessen minderwertige Heiltränke verwendet", sagte Daniel. Er konnte die Argumentation nachvollziehen. Ein minderwertiger Heiltrank war nicht viel teurer als ein spezieller Ausdauertrank, und beide waren in ihrer Wirkung letztlich ähnlich. Er wusste zwar nicht, wie sie hergestellt wurden, aber er wusste, dass Ausdauertränke im Grunde einen Nährstoffschub bewirkten und den Stoffwechsel eines Menschen beschleunigten, vor allem im Bereich der Muskeln, des Herzens und der Lunge des Trinkenden. Heiltränke bewirkten das Gleiche, allerdings mit dem Schwerpunkt auf der Durchblutung und der Produktion von heilenden Chemikalien und Zellen. Das bedeutete immer noch, dass sich die Menschen besser fühlten und als Nebeneffekt ihre Ausdauer steigerten, nur nicht so effektiv. Für einen Händler, der wahrscheinlich nur geringfügige Verbesserungen benötigte, war es jedoch genauso gut.

„Und jetzt müssen wir sie retten für … SCHLANGE!", rief Omrak warnend, woraufhin einige der Händler ins Straucheln gerieten. Bevor irgendjemand das Monster ausfindig machen konnte, hatte der Nordländer seine Wurfaxt auf die Kreatur geworfen, die sich gerade auf einen ahnungslosen Händler stürzte, ihn am Körper erwischte und von ihrer hölzernen Sitzstange wegriss. Als das verletzte Ungeheuer zu Boden fiel, zog Omrak sein beidhändiges Großschwert und begann es zu zerhacken, wobei er dem Ungeheuer nicht erlaubte, im Kampf wieder in Schwung zu kommen. Selbst als es eine eisige Kälte durch die Umgebung ausstrahlte, ließ der Nordländer nicht locker und sprang erst zurück, als das Monster in mehrere Teile zerlegt war. Daniel wurde etwas langsamer, bevor er sich vergewisserte, dass sein Freund die Sache gut im

Griff hatte, und beschleunigte, um seinen Posten wieder einzunehmen.

„Gute Arbeit", sagte Craig von hinten zu Omrak. „Jetzt geht weiter."

Daniel drehte den Kopf und hielt nach Problemen Ausschau. Früher oder später würden die Orks oder weitere Ungeheuer auftauchen.

***

Die Felswände der Schlucht türmten sich vor der Gruppe auf, während sie weiterliefen. Der einst so prächtige Fluss war geschrumpft und hinterließ eine von Gestrüpp überwucherte Passage. An den kahlen Felswänden wuchsen widerspenstige Bäume und Sträucher auf jedem freien Platz, die nur von den braunen Nestern der Raubvögel verdrängt wurden. In der Mitte der Schlucht plätscherte ein kleiner Fluss, der die letzten Regenfälle abführte.

Als die Gruppe sich der Schlucht näherte, versammelte Tula alle um sich und begann, kleine Beutel zu verteilen. Aus den Beuteln strömte ein ranziger, verwesender Geruch, der so stark war, dass er die Empfänger schon beim Zuziehen der Beutel erstickte.

„Was ist das?"

„Kupferkönigaffenkot", sagte Tula. Daniel schluckte und das Grauen füllte seinen Magen, als Tula den Inhalt erwähnte. Er hatte eine Ahnung, worum es sich handeln könnte, aber er wollte unbedingt, dass seine Vermutung falsch war. Leider sollten sich seine Erwartungen erfüllen und seine Hoffnungen zunichtegemacht werden. „Reibe das auf deine Kleidung. Nicht auf die Haut! Die fermentierten Fäkalien werden deine Haut reizen."

„Was? Nein!", protestierte Hjalmar.

„Die Kupferkönigsaffen ziehen in Rudeln durch die Schlucht, stehlen und fressen die Eier und Küken der Nizhnye-Raptoren. Wenn sie die Affen wittern, weichen die Nizhnye zur Seite. Aber da die Raptoren einen schwachen Geruchssinn haben, ist der vergorene Kot ein Muss", sagte Tula. „Jetzt schnell. Bevor die Orks uns finden."

Unter dem massiven Murren der Gruppe wurden Kordelzüge auseinandergezogen und ihr übelriechender Inhalt auf Kleidung und Schuhe aufgetragen.

„Das sind verzauberte Gewänder. Und mein bestes Paar …", sagte Rob, während er die Fäkalien auf dem ehemals dunkelblauen Stoff verteilte. „Das muss ich extra bezahlen, um es reinigen zu lassen."

„Sei froh, dass du ein Inventar hast, in dem du es später aufbewahren kannst", sagte ein Händler in der Nähe. „Ich werde meins einfach wegschmeißen."

„Weniger jammern, mehr machen", befahl Daniel den beiden.

„Du scheinst nicht so betroffen zu sein", sagte Vivian mit verkniffenem Gesicht, als sie einen weiteren Finger in den Beutel tauchte und den Inhalt vorsichtig auf ihre Kleidung verteilte. „Du bist fast so unbeeindruckt wie die Rangerin."

„Ich bin ein Heiler. Das ist nicht das Schlimmste, was ich erlebt habe", sagte Daniel. Vor allem war es das Schlimmste, ein Heiler in einer Abenteurerstadt zu sein. Fleisch, das aufgrund eines Fluchs langsam verfaulte und sich auflöste, aufgerissene Bäuche, die pulsierten und sich wandten, während Parasiten vom Level Sieben darin wuchsen und fraßen. Nein, vergorene Fäkalien waren das Geringste, womit er zu tun hatte.

Sobald die Gruppe bereit war, führte Tula sie in einem viel langsameren Tempo vorwärts, wobei die Rangerin gelegentlich zum Himmel blickte. Gemeinsam konzentrierte sich die gesamte Gruppe darauf, in die gefährliche Schlucht vorzudringen und ihren Verfolgern hoffentlich die Möglichkeit zu geben, die Angriffe der Bewohner abzuwehren.

***

Bei näherer Betrachtung war die Schlucht eine Mischung aus braunen, orangefarbenen und grauen Wänden, gemischt mit dem kräftigen Grün der Pflanzen und gelegentlichen – und gefährlichen –Farbspritzern. Nach so vielen Wochen im Großen Wald wusste Daniel, dass die meisten Pflanzen, die in lebhaften Farben leuchteten, giftig waren oder nur versuchten, ein Ungeheuer anzulocken. Nur sehr wenige waren ungefährlich und nutzten die Tarnung der gefährlichen Pflanzen, um zu überleben.

Die Gruppe schlich näher heran, bewegte sich durch das Unterholz und versuchte, dem scharfen Blick der Raptoren zu entgehen. Natürlich war das ein Fehlschlag, denn die meisten der Kreaturen konnten die Landwirte leicht ausmachen. Selbst mit einem Blick konnte Daniel erkennen, wie viele der Raubtiere sie beobachteten, während sie sich auf dem Boden bewegten. Doch irgendwie griffen sie nicht an.

Als die Gruppe schließlich die Schlucht betrat, erhob sich erst einer, dann ein Schwarm der Raptoren in die Lüfte. Ohne dass es eines Signals bedurft hätte, erstarrte die Gruppe und kauerte tiefer, während die Expeditionsmitglieder den Angriff erwarteten. Doch zu ihrer Überraschung flogen die Raptoren stattdessen an der Gruppe vorbei.

Erst als die letzten Raptoren über sie hinweggezogen waren, setzte sich die Expedition in Bewegung. Doch die Neugier trieb Daniel immer wieder dazu, nach hinten zu schauen, um zu sehen, warum und wohin der Schwarm geflogen war. Kurz darauf begann die

Gruppe von Raptoren abzutauchen, ihr Ziel im Laub versteckt.

„Was …?", murmelte Daniel. Könnten es die Orks sein? Wenn ja, dann waren sie viel näher, als er erwartet hatte.

Eine Zeit lang beobachtete Daniel die Vögel, die ein- und ausflogen, während sie tiefer in die Schlucht eindrangen, und erhaschte einen Blick auf die stürzenden Vögel, bevor sie wieder durch Laub und die Windungen des Geländes versperrt wurden.

„Sind sie immer noch an der gleichen Stelle?", sagte Daniel zu Elisa, die etwas weiter oben auf dem Hang hockte und das Treiben hinter ihnen beobachtete.

„Sieht ganz so aus. Aber es gibt weniger Raptoren … Ah!", sagte Elisa und hauchte das letzte Wort aus.

„Was?", sagte Daniel und reckte den Hals.

„Die Raptoren sind weg."

„Verdammt." Daniel presste nachdenklich die Lippen aufeinander und seufzte dann. Sich darauf zu verlassen, dass die Raptoren – zumindest dieser Schwarm – die Orks zurückhalten würden, war wohl zwecklos.

„Glaubst du, dass sie trotzdem weiter kommen?“

„Warum nicht?“, sagte Elisa. „Nizhnye-Raptoren mögen nicht so gut schmecken, aber wenn man Hunger hat, ist es ein gutes Essen.“

„Du klingst … erfahren“, sagte Daniel.

„Monsterfleisch ist durchaus essbar, auch wenn es manchmal seltsam schmeckt“, sagte Elisa. „Meine Eltern waren Questoren, und so bin ich ihnen auf ihren Missionen gefolgt, als wir aufwuchsen. Oft war das Einzige, was wir zu essen hatten, Monsterfleisch.“

„Hm“, sagte Daniel und sah Elisa mit neuem Interesse an. Abenteurer-Familien waren keine Seltenheit – so wie manche Leute aufgrund ihrer familiären Herkunft Heiler, Händler oder Bauern wurden, wuchsen manche Abenteurer aufgrund ihrer Eltern in diesen Beruf hinein. Natürlich waren sie seltener, denn die schiere Zahl der Todesfälle bei den Abenteurern hat langen Dynastien einen Dämpfer versetzt. Aber im Allgemeinen waren Abenteurerfamilien von Anfang an besser ausgebildet und ausgerüstet, was ihre Verluste verringerte.

„Überrascht?“, sagte Elisa.

„Nein. Na ja, irgendwie schon." Daniel zuckte mit den Schultern. „Ich habe nie wirklich darüber nachgedacht. Muss schön sein, abenteuerlustige Eltern zu haben."

„Es gibt gute Argumente. Sie sind sehr stolz darauf, dass ich schon fortgeschritten bin", sagte Elisa, dann kniff sie die Augen dem stillen Abenteurer gegenüber zusammen. „Und sie würden sich wirklich freuen, wenn ich es nach Hause schaffe. Also mach dich auf den Weg."

Daniel senkte anerkennend den Kopf, bevor er sich den Händlern wieder anschloss. Wenn er sich an die Karte erinnerte, verlief die Schlucht kilometerweit, bevor sie die Kluft zwischen den Bergen verließen und sie viel breiter wurde. In der verbreiterten Schlucht gab es eine Reihe von Ausgängen, die sie nutzen konnten, um zum Dorf zurückzukehren. Um dorthin zu gelangen, würden sie natürlich einige Stunden brauchen.

***

Eine Hand hob sich, und die Gruppe wurde langsamer, als sie sich unter einem Handüberhang verstecken wollte. Die

Expeditionsmitglieder ließen sich gegen die Felswände plumpsen, während ein paar Abenteurer am Rande des Geländes Stellung bezogen. Als Daniel in die Gruppe hineinjoggte, konnte er nicht anders, als dankbar auszuatmen, als seine schwachen Beine endlich zum Stillstand kamen.

„Essen. Wasserflaschen auffüllen. Ruht euch eine halbe Stunde lang aus", sagte Tula.

Sava verzog das Gesicht, als er zu der Rangerin hinüberging, und senkte seine Stimme, als er sprach. „Du setzt uns zu sehr unter Druck."

„Noch eine Stunde", sagte Tula. „Wir sind nicht sicher, solange wir in der Schlucht bleiben."

„Warum?", fragte Daniel und ließ seinen Blick auf die gegenüberliegende Klippenwand fallen. „Deine … Lösung für die Raptoren hat funktioniert."

„Da ist noch etwas anderes", sagte Tula und berührte ein Stück getrockneten Kot auf ihrer Kleidung. „Normalerweise würden die Affen die Zahl der Raptoren in Schach halten, aber sie sind überhaupt nicht da. Etwas anderes muss sie vertrieben haben."

„Oh …", sagte Daniel und rieb sich die Schläfen. Natürlich war da noch etwas anderes. Und bei ihrem Glück waren sie gezwungen, darauf zu stoßen. So ist das nun mal. Niemals einfach. Daniel atmete tief ein und langsam wieder aus und betrachtete sein größtenteils wiedergewonnenes Mana. Am besten heilte er alle anderen.

Nach der Rast, dem Essen und dem erneuten Auftragen der Fäkalien stand die Gruppe auf und machte sich bereit, den letzten Teil ihrer Reise anzutreten. Während Daniel seine Rüstung und Waffen überprüfte, ließ er seinen Blick über seine müden, von der Straße abgekämpften Gefährten schweifen. Selbst die tapferen Omrak und Uppulu sahen müde aus, ihre Waffen hingen ihnen in den Händen. Asin schenkte Daniel ein müdes Lächeln, ihr Fell war verfilzt von Schweiß und anderen Unreinheiten, als sie in einer Ecke kauerte und zusah. Und Tula, die Rangerin, war vielleicht die erschöpfteste von ihnen allen. Stirnrunzelnd ging Daniel zu Tula hinüber und griff nach ihrer Hand.

„Was?", sagte Tula und errötete, als Daniel ihre Hand hob und sie in seine beiden nahm.

„Zauberspruch", sagte Daniel. Der Heiler konzentrierte sich tief im Inneren, zog an seiner Gabe und schickte sie durch sie hindurch. Zuerst das Blut, eine einfache Reinigung und Erfrischung, um ihr mehr Sauerstoff zu geben und die meisten Unreinheiten zu entfernen. Dann ihre Muskeln, die dem Blutfluss folgten, um die Milchsäureansammlungen in ihren Muskeln zu berühren und einen Teil davon wegzuspülen. Es war ein ähnlicher Vorgang wie der, den er zuvor für sich und sein Team durchgeführt hatte, eine einfache Reinigung, die sie in den Dungeon in bester Verfassung hielt.

Und damit spürte er, wie eine weitere Erinnerung, ein weiteres Stück von ihm selbst verschwand. Nicht viel, ein paar Sekunden, ein paar Minuten. Überhaupt nichts … Es sei denn, es war eine Umarmung, ein Lächeln, eine Lektion.

Tula erschauderte, bevor sie sich unbewusst aufrichtete und Daniel mit zusammengekniffenen Augen ansah. „Was war das?"

„Zauberspruch", sagte Daniel und ließ ihre Hand los. Und egal, wie misstrauisch die Rangerin Daniel ansah, er weigerte sich, näher darauf einzugehen.

„Wenn ihr beide fertig seid, sollten wir uns auf den Weg machen", sagte Craig. „Ihr könnt später herumturteln."

Daniel schnaubte bei Craigs Worten, während Tula erneut errötete. Aber sie winkte die Gruppe energischer weiter, ihr Körper war erfrischt. Doch die Spuren der Erschöpfung waren immer noch zu sehen, wenn man wusste, worauf man achten musste. Daniel konnte ihren Körper heilen, aber ihr Geist war eine andere Sache.

Kapitel 15

Wenige Kilometer von ihrer Abzweigung entfernt breitete sich in der Esman-Schlucht eine solche Stille aus, dass selbst das leise Schnattern der Tiere und die gelegentlichen Schreie der Raptoren verschwunden waren. Bis auf das Rauschen des Windes am Tage herrschte eine unnatürliche Stille im Wald.

„Was ist los?", murmelte Daniel leise vor sich hin, aber niemand hatte eine Antwort für ihn. Die Gruppe sammelte sich instinktiv, Elisa und Asin gingen beide den Hang hinauf, um einen besseren Überblick zu bekommen, während die Magier ihre Zaubersprüche für eine schnelle Zerstreuung sammelten. Tula drehte ihren Kopf von einer Seite zur anderen, auf der Suche nach dem Problem, nach der Ursache, bis sich ein Finger von einem der Kaufleute erhob.

„Da!", rief er.

Alle Augen richteten sich auf den neuen Anblick, und mehr als einem fiel die Kinnlade herunter, als er erkannte, was er da sah. Zuerst war es nur ein einzelner Vogel, braun und weiß vor dem wolkenverhangenen grau-weißen Himmel, der mit Regen drohte. Doch dann lösten sich andere, kleinere Schatten am Himmel auf, Schatten, die doppelt, dreimal so klein waren.

„Ein mutierter Nizhnye-Raptor", hauchte Tula. „Das ist es, was mit den Affen passiert ist."

Daniel wusste von diesen Mutanten. Kreaturen, die sich durch den Verzehr anderer Monster oder durch eine Begegnung mit einer übernatürlichen Gelegenheit oder Katastrophe weiterentwickelt hatten. Die Mutation wurde nie kontrolliert und konnte die mutierten Monster ebenso leicht töten oder verletzen. Aber wenn ein Mutant überlebte, war er oft größer, stärker und gefährlicher als seine nicht mutierten Brüder. Es war nicht ungewöhnlich, dass das Level an Bedrohung von Mutanten um zwei, drei Level, manchmal sogar mehr, anstieg.

„Alle! Wascht die Fäkalien ab. Schnell!", sagte Tula, die Rangerin ließ den Worten bereits Taten folgen. Die Gruppe zögerte, der Befehl kam viel zu plötzlich.

„Der Mutant hat die Affen vertrieben. Er jagt sie!", sagte Tula und wischte mit ihren Fingern über die schmutzige Rüstung. „Verdammt noch mal. Wir brauchen Säuberungszauber."

„Wird das funktionieren?", fragte Craig, der ältere Abenteurer mit einer Flasche alkoholischen Weins in der Hand, mit der er sich anstelle von Wasser wusch. In Daniels Augen war das eine seltsame Wahl, aber er ignorierte sie, während er sich eilig sauber wusch.

„Ein bisschen", sagte Tula. „Wenn wir den Duft durch unseren ersetzen …"

„Können wir ihn nicht besiegen?", grummelte Omrak, während der große Abenteurer den sich schnell nähernden Raptor und den Schwarm, der mit ihm flog, betrachtete. „Wir sind so viele."

„Es ist keine Frage, ob wir ihn besiegen können", antwortete Craig. „Es geht eher um die Orks, die hinter uns her sind."

„Wie nah sind sie?", fragte Daniel und richtete seinen Blick auf ihren hinteren Weg. Um ihre Leute zusammenzuhalten, hatten sie ihre Nachhut zurückgezogen, sodass es keine gute Möglichkeit gab, zu erkennen, wie nah die Orks waren. Oh, es gab ein paar Gelegenheiten, bei denen ein Schwarm Raptoren gestört worden war und sich auf die Orks gestürzt hatte, aber es schien, dass sogar die Raptoren lernen konnten.

Der letzte Angriff war vor einer Stunde erfolgt, und zu diesem Zeitpunkt waren die Orks schätzungsweise einen Kilometer entfernt.

„Wer weiß? Aber wir müssen davon ausgehen, dass sie nahe dran sind", sagte Craig.

Daniel nickte und holte tief Luft, bevor er seine Säuberung beendete. Tula winkte die Gruppe schnell nach vorne, nachdem sie Sumuhan und Bjarne, die die Kolonne anführten, Anweisungen gegeben hatte, während sie eine Reihe von Beuteln aus ihrem Lager holte, die ihr nur allzu vertraut waren.

„Was machst du da?", sagte Daniel.

„Ablenkungsmanöver", sagte Tula. „Geh, ich komme nach."

Daniel zögerte, aber die Rangerin schüttelte den Kopf und winkte ihn weiter. Widerwillig machte sich Daniel auf den Weg, denn er wusste, dass er wenig tun konnte, um ihr zu helfen. Dies, die Wildnis, war mehr ihr Platz als seiner. Dennoch konnte er nur hoffen, dass das, was sie plante, ausreichend war. Und wenn nicht. Gut. Das würden sie später klären.

***

Die Gruppe hatte nur wenige hundert Meter zurückgelegt, als Tula neben ihnen auftauchte und nebenherlief, während die Gruppe vorwärts eilte. Hinter ihnen ertönte der schwere Flügelschlag und das Kreischen des riesigen Mutantenraptors. Die Gruppe zuckte bei dem Kreischen zusammen und kauerte sich instinktiv tiefer zusammen, während sie rannte. Ein paar der Händler erstarrten, und wurden dann von den mutigen Abenteurern gepackt und nach vorne gezogen.

„Was hast du getan?", sagte Daniel, als er sich ein wenig zurückfallen ließ, um mit Tula zu sprechen.

„Köder ausgelegt", sagte Tula und blickte zurück. „Die Raptoren werden noch eine Weile dort sein und fressen."

Daniel nickte und war dankbar, dass wenigstens das zu funktionieren schien. Anstatt sich weiter zu unterhalten, rannten die beiden los, wobei Tula gelegentlich langsamer wurde oder die Richtung wechselte, um einen Blick auf das zu werfen, was hinter ihr geschah. Schließlich machte sie sich auf den Rückweg, signalisierte der Gruppe, das Tempo zu erhöhen, und gab Daniel ein Zeichen, ihr zu folgen, als sie Craig und Sava einholte.

„Problem?", fragte Craig in dem Moment, als sie aufholte.

„Orks. Es kommt ein Jagdtrupp", sagte Tula. „Mindestens dreißig."

„Verdammt noch mal. Und der Vogel?"

„Immer noch abgelenkt."

„Wie weit sind wir entfernt?", fragte Sava.

„Zu weit. Aber es gibt einen anderen Ausgang", sagte Tula. „Der ist näher, aber schwieriger zu erreichen. Und den Raptoren stärker ausgesetzt."

„Dann sollten wir uns besser beeilen", sagte Sava und verengte die Augen gedankenverloren. Eine Gruppe von dreißig Orks, die sie auf offenem Feld erwischte, war gefährlich, vor allem, wenn sie am Ende auch noch gegen die Raptoren kämpfen mussten. In jedem Fall wären sie zu viele, um sie vollständig abzuschirmen, sodass die Kaufleute gezwungen wären, sich am Kampf zu beteiligen. In diesem Fall würde es mit Sicherheit Verluste geben.

Tula nickte, beschleunigte und übernahm die Führung. Zunächst liefen sie in dieselbe Richtung, doch bald schon wandte sich die Gruppe der Felswand zu und durchbrach das dichte Laubwerk. Kurz danach stießen sie auf eine steile Schieferklippe. Fast außer Sichtweite auf der Spitze des Schieferfelsens konnten sie eine kleine Öffnung in der Felswand erkennen, die kaum groß genug für eine einzelne Person war.

Tula kletterte die Schieferklippe hinauf, wobei die zerbrochenen Felsen unter ihren Füßen rutschten und nachgaben. Nachdem sie zehn Meter hinaufgestiegen war, drehte sie sich um und griff nach ihrem Bogen, während sie den Rest der Gruppe weiterwinkte. Die Gruppe hatte natürlich nicht auf sie gewartet, sondern den Aufstieg begonnen. Aber die tückischen Schieferfelsen, die sich beim geringsten Druck zu lösen drohten, machten die ganze Reise zu einer Qual.

Als Daniel den Fuß der Klippe erreichte, runzelte er die Stirn. Der Heiler blickte nach oben, betrachtete den langen Aufstieg zum Gipfel und dann die langsame, krabbelnde

Gruppe. Nach einem kurzen Moment zauberte er sein Seil aus seinem Inventar und winkte Asin zu sich.

„Nimm den Rest des Seils und binde es oben an, so schnell du kannst", sagte Daniel. Die größere Gewandtheit und der leichtere Knochenbau der Catkin bedeuteten, dass sie den Aufstieg mit der geringsten Mühe bewältigen konnte.

Asin nickte, winkte ein paar der anderen Abenteurer heran und wedelte mit dem Seil, während sie hinüberjoggte. In kürzester Zeit hatte die Catkin die Seile von vier anderen Abenteurern in ihrem Inventar verstaut, bevor sie zur Seite joggte und mit ihrem schnellen Aufstieg begann. Die sich abmühenden Händler und Abenteurer konnten die junge Catkin nur anstarren, die den instabilen Hang hinaufkletterte, als wäre er fester Boden unter ihr.

„Gute Entscheidung", sagte Craig. „Daniel, wir brauchen dich unten, wenn es dir nichts ausmacht. Du, Omrak, Uppulu, Bjarne und ich werden den Boden halten. Hjalmar, Elisa und Vivian werden mit den Kaufleuten aufsteigen und sich geeignete Kampfpositionen suchen. Rob, hast du noch andere deiner Fallen?" Rob schüttelte den Kopf, und Craig seufzte. „Dann musst du auch nach oben gehen."

In kürzester Zeit schüttelte sich das Team und machte sich bereit für die Orks. Es dauerte zehn angespannte Minuten, bis Daniel die ersten Anzeichen der anrückenden Orks hörte – das nicht unauffällige Trampeln von gestiefelten Füßen auf dem Boden, das durch die Schlucht hallte. Als die Orks schließlich in Erscheinung traten, waren ihre grüne Haut und ihre massigen, hauerartigen Gestalten noch zerfledderter und zerlumpter als die Abenteurer selbst. Kein einziger Ork war unverletzt – Risse und noch immer blutende Wunden zeugten von der Art von Reise, die sie hinter sich hatten. Doch als sie die versammelte Expeditionsgruppe sahen, brüllten sie aufgeregt, sodass diejenigen, die zurückgeblieben waren, aufgeregt genug waren, um sich denen anzuschließen, die vor ihnen waren. Bei diesem Anblick konnte Daniel nur schlucken und seine Waffe hochhalten und beten, dass der Rest seines Teams den Weg nach oben finden und ihn unterstützen würde.

***

Die Orks breiteten sich vor Daniel aus, schnaubten und knurrten, während sie sich zum Angriff aufrafften. Daniel zwang sich, sich zu entspannen, in der Absicht, den Wechsel im Temperament, in der Stimmung zu erfassen, kurz bevor sich die Monster nach vorne stürzen würden. Er hätte sich nicht die Mühe machen sollen, denn das Signal zum Angriff war alles andere als subtil. Der führende Ork-Kriegsführer brüllte und schwang seine Hand nach unten, bevor er sich nach vorne warf, um den Abstand zwischen den beiden zu verringern. Die Abenteurer gingen in der Hocke und versuchten, das richtige Timing für den Rückstoß zu finden, um sicherzustellen, dass sie genügend Schwung hatten, aber auch nicht zu weit von der Mauer entfernt waren.

Während Daniel wartete, ließ er seinen Blick über die Informationen schweifen, die ihm angezeigt wurden, und blieb zunächst bei dem Kriegsführer stehen, bevor er weiterging. Ein Ork-Kriegsführer Level Zwei, ein Kriegsjäger

Level Neun, ein Krieger Level Vier – die Level der Orks waren sehr unterschiedlich. Es war überraschend, obwohl ihre Gesundheits- und Manalevel darauf hindeuteten, dass viele von ihnen, einschließlich des Kriegsführers, mehrere Klassen besaßen. Es war wahrscheinlich, dass diejenigen mit niedrigem Level vor Kurzem die Klasse gewechselt hatten – ein Beweis für die Bedürfnisse des Stammes. Das war gut, denn niedrige Level bedeuteten weniger kampfbezogene Skills.

Das war alles, wofür Daniel Zeit hatte, bevor die Gruppe auf sie losging. Gemeinsam stürmten die Abenteurer vorwärts und kauerten sich hinter ihren Schilden zusammen, während sie den Ansturm mit ihren Skills abfingen. Kurz vor dem Zusammentreffen der Gruppe fielen Pfeile und Zauber, die die Orks, die Schilde hatten, dazu zwangen, diese über ihren Kopf zu heben und sie so für Vergeltungsangriffe ungeschützt zu lassen. Als die Orks stolperten, schlugen die Abenteurer auf sie ein und drängten ihre Gegner gezielt nach hinten.

Natürlich bedeutete die große Unterzahl, dass jeder Abenteurer mehr als einem Ork gegenüberstand. Die wenigen Abenteurer, die eine Stangenwaffe trugen, waren viel sicherer, denn ihre längeren Waffen zwangen ihre Gegner dazu, mit ihren Schritten zu zögern und den bedrohlichen Waffen auszuweichen. Diejenigen, die keine Stangenwaffen hatten, konnten sich nur zusammenkauern und die Angriffe auf ihre Rüstung abfangen.

Daniel stöhnte auf, als ein Schnitt von der Armschiene abprallte, nachdem er das Metallteil getroffen und verbeult hatte. Er taumelte zur Seite und stützte seinen verletzten Arm, der das Gefühl verloren hatte, während er darum kämpfte, seine geschwächten Finger um den Griff seiner Waffe zu halten. Stöhnend taumelte er zurück und öffnete eine Lücke in ihrer Reihe, während er verzweifelt weitere Angriffe mit seinem Schild abblockte und seinen Arm ruckartig bewegte, um wieder Gefühl zu bekommen. Überall um ihn herum konnte er das Grunzen und Klirren des Kampfes hören, der plötzliche Geruch von ungewaschenen Körpern und frisch vergossenem Blut erfüllte seine Nase.

Ein weiterer Schlag schlug seinen Schild zur Seite und machte ihn frei für einen Stich. Anstatt auszuweichen, warf sich Daniel nach vorne und spürte, wie die Klinge an der Seite seines Brustpanzers abprallte, während er seinen Gegner an den Rändern seines Kragens packte und sie nach unten zog. Er drehte sich um und schleuderte den Ork mit sich, während er sich zurückzog, wobei er das Monster mit sich zog, um andere abzuwehren. Selbst als der Ork versuchte, ihn mit seinem Schwert zu treffen, hielt Daniel seine Hand dicht an der anderen und riss sie herum, sodass die meisten Schläge an seiner Rüstung abprallten.

In dem Moment, in dem seine Hand stark genug wurde, um den Hammer richtig zu greifen, stieß Daniel den fliehenden Ork ein letztes Mal zu Boden, bevor er **Perrins Schlag** auslöste, um seinen Gegner in den Boden zu rammen. Selbst als er sich zurückzog, um sicherzustellen, dass das schwach kämpfende Monster nicht nach seinen Beinen griff, konnte Daniel sehen, dass es dem Rest der Expeditionsgruppe nicht viel besser ging. Die Pfeile von oben fielen viel seltener, und die Abenteurer hatten kaum noch Wurfgeschosse. Nur Vivian, die ihr Mana wiedererlangt hatte, konnte viel tun, und selbst dann konnten die flammenden Pfeile, die sie abfeuerte, nur ablenken und stören. Von seinen Freunden konnte Daniel vor allem sehen, dass es Omrak am schlechtesten ging, denn ein besonders schwerer Treffer hatte einen seiner Oberschenkel aufgerissen. Der Nordländer war schwer aus dem Gleichgewicht geraten und befand sich vor der nun zusammengebrochenen Linie, wo er ständig Schläge auf seinen Körper einstecken musste.

„Omrak!", rief Daniel überrascht aus. Der Heiler schob seinen Schild in einer Finte vor sich her, während er begann, die Zauberformel zusammenzustellen, um seinem Freund zu helfen, und verfluchte sich dafür, dass er vergessen hatte, sich neben seinen oft verletzten Freund zu stellen.

„Zurück!", brüllte Omrak.

Instinktiv wusste Daniel, was der Nordländer vorhatte, aber die anderen Abenteurer wichen nicht zurück. Anstatt sie zu gefährden, stürzte sich der Nordländer nach vorne in die Mitte der Orkgruppe und erhielt für diese riskante Aktion einen weiteren Schnitt ins Gesicht. Im Gegenzug setzte er die aufgestaute Wut, den roten Nebel, der sich bei jedem Angriff um seinen Körper sammelte, mit seinem Skill, dem **Ruf des Blitzes,** frei. Elektrizitätsbögen schossen aus seinem Körper, sprangen von Gegner zu Gegner und ließen sie rückwärts fallen.

In der Unterbrechung zertrümmerte Sumuhans Hammer einen Kopf, Craig erledigte einen weiteren betäubten Ork, und Daniel beendete seinen Zauber, indem er seinem Freund eine **Kleine Heilung II** schickte. Unmittelbar darauf begann er einen weiteren Zauber.

„Wechseln!", rief Daniel zu Bjarne hinüber, der neben ihm stand. Der Hellebardenkämpfer schwang seine Waffe ein letztes Mal, verletzte einen Gegner und trat nach vorne und zur Seite, um eine Lücke für Daniel zu schaffen, der hinter ihm herumhüpfte. Von oben prasselte ein Regen von Pfeilen auf die Orks ein und nutzte ihre schwache Verteidigung, um sie zu verletzen, während Omrak zurücktaumelte und aus mehreren Wunden blutete.

„Ich bin raus!", rief Elisa aus.

„Ich auch!", sagte Tula.

„Los!", antwortete Craig, während er sich nach vorne drängte, um Omrak zu bewachen. „Omrak, geh zurück!"

„Ich kann immer noch kämpfen." Der Nordländer ließ seinen Worten Taten folgen und schlug einen hastigen Block weg, um seine Klinge in die Brust eines Orks zu rammen. Er bewegte sich, um den Ork wegzutreten, verlor dabei aber leicht das Gleichgewicht und verpasste seine Chance, da ihm sein Schwert von dem zusammenbrechenden Monster aus der Hand gerissen wurde. Als ein weiterer Ork ihn mit einem Angriff bedrohte, hatte Omrak keine andere Wahl, als sich zurückzuziehen.

„Idiot!", sagte Daniel, legte seine Hand auf Omrak und übertrug das **Zeichen des Heilers** auf ihn, bevor er seinen Freund von der Front wegzog, während die Orks sich ein wenig zurückzogen, als sie ihre verletzten Mitglieder von der Front wegzogen. „Trink einen Heiltrank und geh!"

Omrak schnappte sich seinen letzten Heiltrank und trank ihn, bevor er zur Seite griff und ein kürzeres Schwert aus seinem Inventar zog. „Ein Held lässt seine Freunde nie im Stich!"

„Idiot!"

„Seile!", rief Asin, nachdem sie sie endlich gesichert hatte. Die Catkin begann, die Seile umherzuschieben, damit die Händler sie so gut wie möglich festhalten konnten. Sobald die Händler einen Halt hatten, beschleunigte sich ihr Aufstieg erheblich.

„Wir müssen abbrechen", sagte Daniel, während er seinen Hammer in der Hand drehte und sich auf einen weiteren Heilzauber konzentrierte, während die Gruppe wieder zurückging, fast bis an den Rand des Klippenbereichs.

„Ich bin offen für Vorschläge", sagte Craig.

„Ich …" Daniels Worte wurden unterbrochen, als ein Kreischen von oben ihre ganze Aufmerksamkeit auf sich zog. Die Bewegung war instinktiv, eine übrig gebliebene Reaktion aus einer Zeit, als Menschen und Orks noch in Höhlen lebten und die Nacht und die Monster fürchteten, die neben ihnen existierten. Für ihre gedämpften, zivilisierten Sinne sagte das Kreischen alles – etwas Größeres, Schlimmeres war im Anmarsch.

Von oben stürzte der mutierte Nizhyne-Raptor herab, die Flügel an den Körper gepresst, während er seine Beute anvisierte. Neben ihm flogen kleinere Monster, jeder der kleineren Raptoren von der Größe eines großen Hundes, der mutierte Raptor ein Monster, das selbst ein Nilpferd zum Wanken bringen würde. Er stürzte sich vom Himmel, um seine Beute zu suchen. Und wie die Beute auf der ganzen Welt zerstreuten sie sich und kauerten sich zusammen, in der Hoffnung, dass sie nicht ausgewählt wurden.

Zu spät, der Raptor im Sturzflug hatte seine Beute ergriffen und riss einen der Händler in die Luft. Er schlug mit den Flügeln und trug den Händler und seine Taschen mit sich, als er nach oben flog und den Mann in die Luft nahm, dessen Brust von Krallen durchbohrt war, die so groß waren wie Daniels Unterarme. Schon kreiste er in der Luft, und die kleineren Raptoren, die in der Gegenwart ihres größeren Bruders mutig waren, griffen nacheinander Händler, Abenteurer und Orks an, bevor auch sie abflogen.

„Weg da!", sagte Daniel, als er den Raptor zur Seite schob. Er setzte seinen Fuß in Bewegung und schickte **Perrins Schlag** in einen erschrockenen Ork, bevor er den Rest der Abenteurer nach oben winkte. „Lasst uns gehen!"

Die Abenteurer reagierten als Erste, drehten sich um, rannten den Hang hinauf und griffen nach den Seilen. Über ihnen warfen Vivian und Rob den letzten ihrer Zaubersprüche, um ihre Verfolger abzulenken und zu behindern, während die Abenteurer den Hang hinaufkletterten. Unter Daniels Fingern tanzte und drehte sich das grobe Seil, während die anderen vor ihm kletterten und seine Füße auf dem losen Schiefer ausrutschten. Wolken von erstickendem Staub stiegen auf und brachten ihn zum Husten, während er das Seil hinaufkletterte. Einst, so wusste Daniel, hatte er ein gewisses Geschick beim Klettern gehabt. Teile dieses Skills, dieses Wissens, lagen noch in ihm, zerbrochene Erinnerungen daran, wie er an Seilen hing und sich am nassen Seil hinunterschlängelte, während Wasser auf sein Gesicht spritzte. Wie er sich gegen die Felsen drückte, um sich nach oben zu winden. Eine Erinnerung. Zerbrochen und zerschmettert durch seine Gabe.

Daniel schüttelte den Kopf und verdrängte die Gedanken, während er sich auf den Aufstieg konzentrierte. Jetzt war nicht der richtige Zeitpunkt, nicht mit den wütenden Orks, die sich unter ihm erholt hatten, und den Kaufleuten über ihm. Der starke Abenteurer schwang sich das Seil hinauf, zog sich mit aller Kraft hoch und stellte fest, dass er bald den letzten Händler in der Reihe überholt hatte. Von oben warfen die anderen Abenteurer aus der Ferne Steine den Abhang hinunter, die auf die krabbelnden Orks niederprasselten.

„Raptoren!"

Der Schrei von oben ließ Daniel sich umdrehen und seinen Schild zum Einsatz bringen. Er knurrte, als er sah, dass der mutierte Raptor seine blutige Beute irgendwann abgeworfen hatte und nun zurückkam, um den Rest der Expedition zu erledigen. Als er sich näherte, ging Daniel seine Möglichkeiten durch. Er hatte keine Fernkampfwaffen, keine

Zaubersprüche, die das Monster verletzen konnten. Keine Möglichkeit, es abzulenken.

„Nicht!", sagte Daniel und drehte sich zu Omrak um. Der Nordländer, dessen Augen auf die ankommende Herde gerichtet waren, entspannte sich und warf einen Blick auf Daniel, der erneut den Kopf schüttelte, während er in Gedanken einen Heilzauber formte. Der Nordländer war in Rot gehüllt, ein blasser rötlich-rosa Nebel überzog seinen Körper, da die Verletzungen, die er erlitten hatte und aus denen er immer noch blutete, seine Wut anheizten. Es gab Omrak Kraft und erlaubte ihm, den Schaden zu ignorieren und sogar den Schaden, den er erlitten hatte, zu mindern, aber es tat nichts, um den Schaden, den er bereits trug, zu lindern. Der Nordländer konnte keine weiteren Schläge mehr einstecken, und selbst Daniels wiederholte Heilungen taten kaum mehr, als den Mann am Leben und in Bewegung zu halten.

Als die Raptoren ihren letzten Sturzflug begannen, wurde jemand anderes aus ihrer Gruppe aktiv. Tula erhob sich von oben, schwang ihre Arme und warf kleine,

315

ausgefranste Beutel den Abhang hinunter. Sie schlugen auf dem Boden, den Felsen und den Orks auf und verbreiteten ihren stinkenden und schleimigen Inhalt. Daniel könnte schwören, dass er sah, wie sich die Augen des mutierten Raptors veränderten und seine Aufmerksamkeit auf die neue Geruchsquelle, auf seine Beute, gelenkt wurde. In Windeseile änderte die Kreatur ihre Flugbahn, und ihre Artgenossen folgten ihr.

Die Orks brüllten vor Wut und Überraschung über den stinkenden Angriff, der Kriegsführer blickte nach oben, hob dann die Hand und stieß einen weiteren Schrei aus. Dieser ließ alle erstarren, und die Raptoren auf ihrem letzten Weg nach unten erstarrten oder drehten ab, als das Skill wirkte. Sogar die Händler und Abenteurer erstarrten, ihre Körper waren unter dem Angriff des Skills wie erstarrt.

Einigen der Raptoren, einschließlich des mutierten Nizhnye-Raptors, gelang es, das Skill abzuschütteln, aber sie waren zu nahe am Boden und mussten mit ausgebreiteten Flügeln landen. Die Orks, die durch den Angriff verärgert waren, lenkten ihre Aufmerksamkeit auf die Vögel und schlugen mit Skills zu oder griffen einfach nach ihnen, um die am Boden liegenden Vögel zu zerschlagen. Einige der Vögel schafften es nicht, die Skills rechtzeitig abzuschütteln, sondern schlugen mit voller Geschwindigkeit auf den Boden auf und starben. Der Rest kreiste nach oben und schlug mit den Flügeln, als er sich für einen weiteren Angriff in die Luft erhob.

„Danke Erlis", sagte Prek, als die meisten Raptoren unter ihnen landeten. Daniel, der neben ihm kauerte und seinen Schild bereithielt, um die Monster abzuwehren, schaute hinüber und sah den Händler zum ersten Mal wirklich. „Ich dachte, ich würde nie wieder fischen gehen."

„Fisch …" Daniels Augen weiteten sich und er drehte sich um, um nach unten zu sehen. Unter ihnen hatten die Orks eine weitere Gruppe Verstärkung erhalten, als der mutierte Raptor seinen Schnabel schwang und seine Angreifer zurückdrängte, während er sich bereit machte, davonzufliegen.

„Schnell. Gebt euer Boot frei", sagte Daniel und gestikulierte zu der Gruppe unten.

„Was?", sagte Prek.

„Lass dein Boot auf den Raptor fallen. Wenn wir ihn verletzen können, wird er gezwungen sein, gegen die Orks zu kämpfen", sagte Daniel. „Das gibt uns Zeit zu fliehen."

„Aber mein Boot ..."

„Tu es!", blaffte Daniel und starrte den Händler an. Prek schluckte, hob die Hand und rief sein Skill und das Boot, das an einem anderen Ort gelagert war, hervor. Es entstand ein Loch, aus dem das Boot herauskam und auf den Boden fiel. Unter dem Gewicht des hölzernen Schiffes rutschte der wackelige Schiefer ab und stürzte zusammen mit dem Schiff hinunter. Das hölzerne Schiff polterte den Abhang hinunter und löste beim Fallen Felsbrocken und Staub. Die flinkeren Orks warfen sich zur Seite, aber der mutierte Raptor, der auf seinen Klauenfüßen hüpfte, konnte gerade noch ausweichen, bevor es einen Flügel traf, der Knochen brach und das Monster zu Boden warf. Beim Aufprall auf den Boden und das Ungeheuer gab das Boot schließlich nach, wobei das Holzdeck auseinanderbrach und überall Holzsplitter verteilt wurden.

„Gut gemacht!", rief Craig und winkte dann mit der Hand. „Und jetzt los!"

Prek stöhnte, als er die zerstörten Überreste seines Bootes sah.

„Komm schon. Ich bin sicher, Sava wird dir ein neues kaufen", sagte Daniel und stieß Prek an die Schulter. Der Händler stieß ein weiteres leises Stöhnen aus, aber er griff nach den Seilen und huschte die Klippe hinauf. Hinter ihm warf Daniel einen letzten Blick nach unten, wo die Orks und die Raptoren kämpften und in ein Scharmützel verwickelt waren, aus dem sich keiner von beiden völlig befreien konnte.

***

„Daniel!" Tula packte den Heiler am Arm, als er das Seil hinaufkam, und die übrigen Abenteurer holten die restlichen Kletterhilfen und halfen den Händlern, sich zu erholen. Unten neigte sich der Kampf zwischen den Orks und dem mutierten Raptor dem Ende zu, da die Orks in der Überzahl waren und den Sieg davontrugen. Unter den Füßen des Raptors lagen jedoch zahlreiche Leichen, die von der Stärke und Grausamkeit der Kreatur zeugten.

„Ja?", sagte Daniel und ging hinter Tula her. Sie führte ihn zu dem kleinen Eingang, durch den sich die Händler und Abenteurer zwängten, und zeigte auf den niedrigen Abhang dazwischen und auf Sava, der dort stand.

„Du warst früher ein Bergmann, nicht wahr?", sagte Sava.

„Du willst, dass ich die Mauern niederreiße?", fragte Daniel und verstand fast sofort. Er drehte seinen Kopf, betrachtete den Stein und schüttelte dann den Kopf. „Ich habe keine Spitzhacke. Und das hier ist Granit. Wenn ich Bergbau-Skills hätte ..."

„Du willst nicht?", sagte Sava stirnrunzelnd.

„Ich habe sie nie angenommen", sagte Daniel. Schließlich mag ein Skill, welches mehr Gestein bricht oder Risse im Stein für optimale Schläge findet, für einen Bergmann nützlich sein, aber für ihn als Abenteurer wäre er nutzlos. Zumindest hatte Daniel das gedacht. Jetzt überlegte er es sich anders.

„Aus dem Weg!", blaffte einer der Händler, als er sich vorbeidrängte und den kleinen Tunnel betrat.

„Verdammt", presste Sava die Lippen zusammen und schüttelte dann den Kopf. „Ich werde es wohl benutzen müssen."

„Es benutzen?", sagte Tula mit zusammengekniffenen Augen.

Als Antwort holte Sava einen einfach aussehenden Tonblock aus seinem Beutel, der mit Runen gefüllt war. Tula schnappte nach Luft, während Daniel nur verwirrt dreinschaute.

„Es ist ein temporärer Aufenthaltszauber", sagte Sava. „Es wird ein Lehmzelt erschaffen. Nützlich, wenn das Wetter sehr schlecht wird."

Daniel schaute zwischen Sava und dem Eingang hin und her, dann auf die vorbeiströmenden Abenteurer und nickte. Auf Savas Geste hin traten Tula und er ein, während Sava die Nachhut bildete. In kurzer Zeit waren sie etwa drei Meter drin, und der Händler hatte sich umgedreht, die Verzauberung auf den Boden gelegt und ausgelöst. Dann eilte er zurück und winkte auch den neugierigen Daniel zurück.

Zuerst glühte der verzauberte Block, dann begann er zu wachsen. Zuerst langsame, kleine Verschiebungen, dann explodierten sie in ihrer Größe. Erst verdoppelte es sich, dann verdoppelte es sich wieder, dann wurde es immer größer. Die kleinen Lücken zwischen den Wänden des Felsens waren bald gefüllt, die magisch verzauberten Wände des Lehmblocks formten sich und zerbrachen, als sie mit den unnachgiebigen Kanten in Berührung kamen. Der einst leere Raum füllte sich, als der Stein zerbrach und wuchs und die Lücke zwischen den Wänden füllte, während die Magie weiterwirkte, auch wenn die ursprüngliche Verzauberung gebrochen war. Innerhalb von Sekunden war der verzauberte Lehm fast zwei Meter hoch, und er wuchs weiter, füllte den Raum und bewegte sich auf die beiden Beobachter zu.

„Wann soll das denn aufhören?", sagte Daniel und wich langsam zurück, während er die immer noch wachsende Verstopfung betrachtete.

„Ich … weiß es nicht", antwortete Sava.

Ein weiterer Riss, und der Tonpfropfen wölbte sich erneut. Der Lehm wuchs explosionsartig und nahm fast die Hälfte des Platzes ein, den sie noch hatten. Mit offenem Mund drehte Daniel Sava um und rief: „Lauf!"

Hinter ihnen ertönte das Knarren und Ächzen von unter Druck stehendem, verzaubertem Lehm und Granit, als die beiden einen eiligen Rückzug antraten und den Rest des Teams weiterwinkten. Wenigstens, dachte Daniel, während er um sein Leben rannte, war die Lücke gründlich geschlossen worden.

###

Epilog

Zwei Wochen später stolperte die Gruppe in das Dorf, in dem sie die Expeditionswagen abgestellt hatte. Müde und erschöpft, aber ohne weitere Verluste, brachen die Kaufleute und Abenteurer vor Erschöpfung zusammen. Die wenigen Wachen und Dorfbewohner wurden aktiv und halfen der müden und erschöpften Expedition, sich auszuruhen und zu heilen. Auch wenn Daniel sein Mana und seine Gabe eingesetzt hatte, um sich um die Mannschaft zu kümmern, hinterließ das ständige Heilen und Reparieren seine eigenen Narben und einen erschöpften Geist und Körper.

Von den Orks war nichts mehr zu sehen. Ob sie nun den Clan verloren hatten oder ob der Clan so viel Schaden genommen hatte, dass er sich absetzen musste, die Expedition wurde von den Orks nicht mehr belästigt. Andererseits hatten sich Sava und Craig geweigert, die Expedition zu verlangsamen, und waren fast eine Woche lang in einem guten Tempo weitergegangen, bevor die Erschöpfung schließlich eine Pause erzwungen hatte.

Im Lager brach Tula auf, um dem älteren Ranger Bericht zu erstatten, während der Rest des Teams sich ausruhte, wobei viele sofort einschliefen, als sie in die Zelte und andere provisorische Unterkünfte gingen, die für sie bereitgestellt worden waren. Daniel nahm am Lagerfeuer Platz, und der großzügige Einsatz seiner Gabe ermöglichte es dem Heiler, aufzubleiben. Daniel saß am Lagerfeuer des Dorfzentrums, wo ein Koch einen Braten platziert hatte, und starrte ins Feuer, bis Asin sich neben ihn fallen ließ und ihre leichte Gestalt an den Heiler lehnte.

„Das war interessant", sagte Daniel zu seinem ältesten Freund.

Asin schnurrte als Antwort und ließ die Augenlider fallen.

„Glaubst du, sie wird uns verlassen?", sagte Daniel und schaute dorthin, wohin die Rangerin verschwunden war.

Asin zuckte mit den Schultern, aber dann wurde sie wach genug, um hinzuzufügen: „Dungeon ist besser."

„Für uns, vielleicht. Das ... das ist ihre Welt, nicht wahr?", sagte Daniel, als er über die letzten Wochen nachdachte. Ganz abgesehen von ihrem Pech, auf die Orks zu stoßen, hatte die junge Rangerin recht gehabt. Bei Expeditionen bestand immer die Gefahr, dass etwas Schlimmes passierte. Ohne das Wissen der Rangerin über die Umgebung, ihr Verständnis für die Monster und ihre Tapferkeit hätte keiner von ihnen den Rückweg geschafft. Sicher, es gab eine Reihe brenzliger Situationen. Und sie hatten einige der Händler verloren. Aber …

Aber es war klar, zumindest für Daniel, dass dies der Ort war, an dem sich das Jugendliche wirklich auszeichnete. Nicht im Dungeon, sondern hier draußen, wo Monster und Orks, wo die Gefahren wild und unkontrolliert wuchsen. Und was sie betraf …

„Ich glaube, ich mag Dungeons auch lieber", sagte Daniel schließlich.

Asin schnaubte amüsiert, und Daniel drehte sich um – nur um festzustellen, dass das Schnauben eigentlich ein Schnarchen war. Er starrte seine kleine Catkin-Freundin an, die an ihm lehnte, und gluckste, zufrieden damit, sie schlafen zu lassen. Sie waren in Sicherheit. Und bald würden sie zurück sein und Dungeons erkunden.

Anmerkung des Autors

Wenn dir das Buch gefallen hat, hinterlasse bitte eine Rezension und eine Bewertung. Es ist nicht nur ein großer Ego-Schub, sondern hilft auch den Verkäufen und überzeugt mich, mehr von der Serie zu schreiben!

Folge Daniels Abenteuern im nächsten Buch weiter:

- Die Anforderungen der Gilde (Buch 7 von Die Abenteuer in Brad)

https://books2read.com/anforderungen-der-Gilde

Bitte schaue dir auch meine anderen Serien an, die System-Apokalypse (ein post-apokalyptisches LitRPG) und Verborgene Wünsche (eine Urban-Fantasy-GameLit-Serie):

- Das Leben im Norden (Buch 1 von Die System-Apokalypse Serie)

https://books2read.com/das-leben-im-norden

- Eines Gamers Wunsch (Buch 1 von Verborgene Wünsche Serie)

https://books2read.com/eines-gamers-wunsch

- Ein Tausend Li: Der Erste Schritt (Buch 1 von Ein Tausend Li Serie)

https://books2read.com/der-erste-schritt

Weitere tolle Informationen über LitRPG-Serien findest du in den Facebook-Gruppen:

- Deutschsprachige LitRPG

https://www.facebook.com/groups/deutsche.litrpg

- Progression Fantasy-, Kultivations- und LitRPG-Romane auf Deutsch

https://www.facebook.com/groups/kultivationsundlitrpgromane

Über den Autor

Tao Wong ist ein begeisterter Fantasy- und Sci-Fi-Leser, der seine Zeit mit Arbeiten und Schreiben im Norden Kanadas verbringt. Er hat viel zu viele Jahre damit verbracht Kampfsport in vielen Formen zu betreiben und nachdem er sich zu oft etwas gebrochen hatte, verbringt er nun seine Zeit damit, über Fantasy-Welten zu schreiben.

Wenn du ihn direkt unterstützen möchtest, hat Tao jetzt eine Patreon-Seite, auf der Previews all seiner neuen Bücher zu finden sind!

- Tao Wong's Patreon

  https://www.patreon.com/taowong

Für Updates zur Serie und seinen weiteren Büchern (und speziellen One-Shot-Geschichten), besuche bitte die Website des Autors: http://www.mylifemytao.com/

Weitere Bücher von Tao Wong auf Deutsch: https://www.mylifemytao.com/foreign-language-editions/german/

Abonnenten von Taos Mailingliste erhalten exklusiven Zugang zu Kurzgeschichten aus den Universen Thousand Li und System Apocalypse.

Oder besuche die Facebook-Seite von Tao: https://www.facebook.com/taowongauthor/

Über den Herausgeber

Starlit Publishing ist in vollem Besitz von Tao Wong und wird von ihm betrieben. Es ist ein Science-Fiction- und Fantasy-Verlag, der sich auf die Genres LitRPG und Kultivierung konzentriert. Der Fokus liegt auf der Förderung neuer, aufstrebender Autoren des Genres, deren Schreiben die bestehenden Stereotypen herausfordert und gleichzeitig eine rasend gute Lektüre bietet.

Für weitere Informationen über Starlit Publishing: https://www.starlitpublishing.com/

Du kannst dich auch in die E-Mail Liste von Starlit Publishing eintragen, um über neue, spannende Autoren und Buchveröffentlichungen informiert zu werden.